KB246810

Present for you!

세상에서 가장 소중한

_____ 님께 바칩니다.

지은이 존 그레이(John Gray Ph.D)

"본래 남자는 화성인이고 여자는 금성인이기 때문에 둘 사이의 언어와 사고방식은 다를 수밖에 없다."는 단순하고 명쾌한 비유를 통해 수많은 남녀의 갈등을 치유해오고 있다. 그가 운영하는 〈화성 금성 상담센터〉는 미국 전역에 지부를 가지고, 상담뿐만 아니라 책, 오디오북, 방송출연, 강연 등을 통해 사랑의 처방전을 전파하고 있다. 그의 대표작《화성에서 온 남자 금성에서 온 여자》는 미국에서만 600만 부 이상이 팔려나갔고, 전 세계 40여 개 언어로 번역되어 읽히고 있다.

옮긴이 김경숙

1962년 서울에서 태어나 이화여자대학고 영문학과를 졸업하고 현재 전문번역가로 활동 중이다. 옮긴 책으로는 《화성에서 온 남자 금성에서 온 여자》, 《화성남자 금성여자의 침실 가꾸기》, 《화성남자 금성여자의 결혼 지키기》 등의 화성 금성 시리즈와 《오해의 심리학》등 여러 권이 있다.

화성에서 온 男子
금성에서 온 女子

LOVE
LESSON
99

화성에서 온 남자 금성에서 온 여자
Love Lesson 99

초판 1쇄 펴낸날 2008년 1월 20일
초판 22쇄 펴낸날 2023년 5월 10일

지은이 존 그레이   **옮긴이** 김경숙
펴낸이 조영혜   **펴낸곳** 동녘라이프

편집 구형민 김다정 이지원 김혜윤 홍주은
마케팅 임세현
관리 서숙희 이주원

등록 제311-2003-14호 1997년 1월 29일
주소 (10881) 경기도 파주시 회동길 77-26
전화 영업 031-955-3000 편집 031-955-3004 **전송** 031-955-3009
블로그 www.dongnyok.com **전자우편** dongnyok@dongnyok.com
인쇄 새한문화사 **라미네이팅** 북웨어 **종이** 한서지업사

ISBN 978-89-90514-29-5 (03840)

사랑이 시작될 때 맨 처음 보는 책

화성에서 온 男子 금성에서 온 女子

LOVE LESSON 99

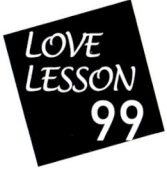

존 그레이 지음
김경숙 옮김

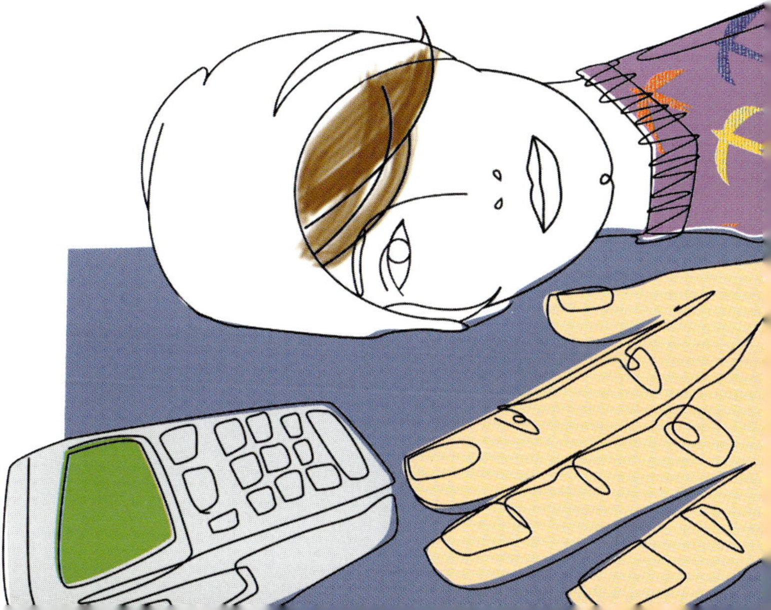

동녘라이프

LOVE
LESSON
99

여는 글

이 책을 본 남자들은 종종 이런 반응을 보이곤 한다.

"이거 완전히 제 얘긴데요. 혹시 제 뒤를 따라다닌 거 아닙니까? 이젠 제게 뭔가 문제가 있다고 느끼지 않게 됐습니다."

여자들은 또 이렇게 말한다.

"마침내 남자친구가 제 얘기에 귀를 기울이게 됐어요. 이제 싸울 필요가 없게 됐어요. 선생님의 설명을 통해 모든 걸 이해하겠나 봐요. 정말 고맙습니다!"

이러한 것들은 사람들이 이 책을 읽고 난 후에 보여 준 그 숱한 고무적인 반응들 중 극히 일부에 지나지 않는다. 이성인 상대방을 보다 잘 이해하기 위해 마련된 이 새로운 프로그램이 가져다주는 효과는 극적이고 즉각적일 뿐만 아니라 지속적인 것이다.

《화성에서 온 남자 금성에서 온 여자》는 이 시대의 사랑학 지침서이다. 이 책에서는 남자와 여자가 인생의 모든 영역에서 어떤 차이점을 보이는지를 설명한다. 남녀는 의사를 전달하는 방법이 서로 다를 뿐 아니라, 생각하고 느끼고 지각하고 반응하고 행동하고 사랑하고 필요로 하는 것에 이르기까지 모든 것을 달리한다. 어떤 때엔 언어도 다르고 환경도 다른, 서로 다른 행성에서

온 것처럼 느껴지기까지 한다.

나는 세미나에 참가한 사람들로부터, 자기들은 일반적인 남녀의 관계가 완전히 뒤바뀐 상태라는 이야기를 들은 적이 있다. 남자는 여성적이고 여자는 남성적인 경우, 이런 경우를 나는 역할 전도라고 부른다.

설령 당신이 그와 같은 역할 전도를 경험하고 있다고 해도 나는 그것이 별로 문제가 되지 않는다고 분명히 말하고 싶다. 만일 이 책의 내용 중 어떤 부분이 당신과 전혀 무관한 것처럼 느껴지면 그냥 무시해 버리거나(그 부분은 무시하고 관련 있는 부분으로 넘어가라), 아니면 자신의 내면을 더 깊이 들여다보도록 하라.

나는 모든 사람들이 이 책을 통해 얻어진 통찰로 인해 이득을 볼 수 있으리라고 믿는다. 세미나에 참여했던 사람들로부터 들은 유일한 부정적 반응은 '이런 걸 진작 누가 일러주었더라면 좋았을 텐데' 하는 것이었다.

인생에 있어서 사랑을 키워 나가는 데 너무 늦는 법이란 없다. 그저 당신은 새로운 방법을 향해 마음을 열면 되는 것이다. 만일 이성과의 보다 만족스러운 관계를 원한다면, 이 책을 권한다.

존 그레이

화성에서 온 남자와 금성에서 온 여자

남자들은 화성에서 오고, 여자들은 금성에서 왔다고 상상해 보자.

아주 오랜 옛날, 망원경으로 천체를 관측하던 화성인들이 금성인들을 발견했다. 단 한 번 얼핏 보았을 뿐인데도 그들은 그때까지 알지 못했던 느낌을 갖게되었다. 사랑에 빠진 화성인들은 얼른 우주여행 방법을 고안하여 금성으로 날아갔다.

금성인들은 마음으로부터 그들을 환영했다. 그들은 이런 날이 오리라는것을 직관적으로 알고 있었고, 예전에 한 번도 경험하지 못했던 사랑을 위해가슴을 활짝 열었다.

그들의 사랑은 마법과 같았다. 그들은 함께 있는 것이 즐거웠고, 무엇이든 함께 하면서 기쁨을 느꼈다. 비록 서로 다른 세계에서 왔지만, 그들은 그차이를 마음껏 즐겼다. 서로에 대해 알게 되기까지, 서로 다른 욕구와 기호,행동양식을 이해하기까지 몇 개월이 걸렸다. 그리고 몇 년 동안 그들은 서로사랑하고 조화를 이루며 함께 살았다.

그러던 어느 날 그들은 지구로 가기로 마음먹었다. 처음엔 모든 것이 근사하고 아름다웠다. 그런데 지구 환경의 영향으로 갑자기 그들은 이상한 기억상실증—선택적 기억 상실증—에 걸려 어느 날 아침 눈을 뜨게 되었다!

화성에서 온 남자와 금성에서 온 여자는 자신들이 서로 다른 행성 출신이

고, 따라서 서로 다를 수밖에 없다는 사실을
기억하지 못했다. 그들이 지금까지 알고 있
던 서로의 차이점들이 기억에서 모두 지워
지면서 그들은 충돌하기 시작했다.

남녀의 차이를 기억하자

서로 다를 수밖에 없다는 사실을 인식하지 못한다면 남자와 여자는 서로 충돌하게 된다. 이성으로 인해 화가 나거나 실망하는 것은 대개의 경우 이 중요한 진리를 망각했기 때문이다. 우리는 상대방 이성이 우리 자신과 비슷해지기를 기대한다. 또 그들이 '우리가 원하는 것을 원하고 우리가 느끼는 대로 느끼기'를 바란다.

　우리는 상대가 만일 우리를 사랑한다면 그들이 마땅히 이러이러하게―자신이 누군가를 사랑할 때 행동하고 반응하는 것과 똑같은 방식으로―행동하리라는 그릇된 믿음을 갖고 있다. 이러한 태도를 견지하는 한 우리는 실망을 거듭하게 되고, 서로의 차이점에 애정을 갖고 이야기해 볼 수 있는 시간을 가질 수 없게 된다.

　남자는 여자가 남자와 같은 식으로 생각하고 대화하고 행동하리라는 그릇된 기대를 갖고 있고, 마찬가지로 여자는 남자가 여자와 같은 식으로 느끼고 말하고 반응할 거라는 오해를 하고 있다.

　서로의 차이를 명확히 인식하고 존중함으로써 우리는 이성을 대할 때의 혼란스러움을 줄일 수 있다. 남자들은 화성에서 오고 여자들은 금성에서 왔다는 것을 염두에 두면 모든 것이 분명해진다.

좋은 의도만으로 사랑이 지켜질까

사랑에 빠진다는 것은 항상 신비롭다. 그것은 마치 사랑이 언제까지나 지속될 것처럼 영원한 느낌으로 다가온다.

그러다가 마법의 효력이 점차 희미해지고, 일상 생활이 대신 그 자리에 들어앉게 되면서 문제가 생기기 시작한다. 남자는 여자가 자기처럼 생각하고 반응하리라 기대하고, 또 여자는 남자가 자기처럼 느끼고 행동하리라고 생각하는 것이다. 서로의 차이에 대한 분명한 인식이 없으면서도 우리는 서로를 이해하고 존중하는 일에 별로 시간과 노력을 들이지 않는다. 그래서 성급하게 요구하고 판단하고 원망하게 된다.

서로 사랑하는 일에 최선을 다하려고 애를 쓰는 데도 사랑은 점차 죽어간다. 문제는 어떻게 해서든 두 사람 사이를 비집고 들어온다. 그러면서 점점 원망이 쌓여가고, 대화가 단절되고, 오해가 증폭되며, 억압과 거부가 나타난다. 사랑의 마법은 온데간데없이 사라져버린다.

우리는 스스로 이렇게 묻는다.

"어떻게 이런 일이 일어나는가?"

"왜 이런 일이 생겨나는가?"

"왜 우리에게 이런 일이 벌어지는가?"

이러한 의문에 대한 해답을 구하면서 우리 시대 최고의 지성들은 복잡하

면서도 찬란하게 빛나는 철학적·심리학적 원형들을
제시해 놓았다. 그러나 결국 우리는 부모 세대의 전철
을 밟게 되고, 사랑은 식어간다. 그리고 거의 모든 이들
이 이같은 일을 경험한다.

서로의 차이에 대한 분명한 인식이 없으면서도 우리는 서로를
이해하고 존중하는 일에 별로 시간과 노력을 들이지 않는다.
그래서 성급하게 요구하고 판단하고 원망하게 된다.

지금도 매일같이 수백만의 사람들이 특별한 사랑을 나눌 상대를 찾아 헤매고 있다. 매년 수백만의 남녀가 사랑으로 결합되었다가 그 사랑이 식어 가는 것을 괴로워하며 헤어진다. 사랑의 감정을 오래 지속시켜 결혼까지 다다를 수 있었던 사람들 가운데 불과 50퍼센트만이 그 결혼을 지켜 간다. 이혼하지 않고 함께 사는 부부들 중 약 50퍼센트 정도는 처음부터 다시 시작하는 게 두렵거나, 아니면 배우자에 대한 의무감과 도리 때문에 그냥 살아간다.

겉으로 드러나지 않는 서로의 차이를 이해함으로써 우리는 각자의 가슴속에 있는 사랑을 보다 성공적으로 주고받을 수 있다. 서로의 차이를 인정하고 받아들이는 가운데 건설적인 해결책을 모색할 수 있고, 그를 통해 각자 원하는 것을 얻을 수 있게 된다. 그리고 무엇보다 중요한 것은 우리가 좋아하는 사람에게 어떻게 하면 가장 바람직한 사랑과 보살핌을 줄 수 있는지 터득하게 된다는 것이다.

사랑은 마법과 같은 것이고, 그것은 지속될 수 있다. 만일 우리가 서로의 차이를 기억하기만 한다면.

미스터 수리공의 화성에서의 삶

화성인들은 능력과 효율, 업적을 중요하게 여긴다.

그들은 자기 능력을 입증해 보이거나 힘과 기술을 신장시키기 위해 끊임없이 노력한다. 목적을 이루는 능력을 통해 그들은 자기 존재를 확인한다. 그리고 주로 성공과 성취를 통해서 충족감을 맛본다.

화성에서는 모든 것에 이러한 가치가 반영된다. 심지어 남자들이 입는 의복조차 기능과 능률 위주로 디자인된다. 경찰관, 군인, 사업가, 과학자, 택시 운전사, 기술자, 요리사 등 모두가 하나같이 제복을 착용하고, 그게 안 되면 모자라도 써서 자신들의 권한과 지위를 표시한다.

남자들은 《현대 심리학》, 《셀프》, 《피플》 같은 잡지를 읽지 않는다. 그보다는 사냥이나 낚시, 자동차 경주 같은 야외 활동에 더 흥미를 느낀다. 그들은 뉴스와 날씨, 스포츠에는 관심을 갖지만, 연애소설이나 수필 등에는 별로 관심이 없다.

그들은 사람들이나 느낌보다는 '사물'과 '사실'에 더 관심이 많다. 심지어 오늘날의 지구에서도 여자들은 사랑을 그리는 반면 남자들은 힘 좋은 차, 고성능 컴퓨터, 첨단 기계장치나 도구, 보다 진보된 기술 등 자신의 목표를 이룩하고 능력을 과시하는 데 도움이 될 만한 '물건'에 집착을 보인다.

목적을 달성한다는 것은 화성인들에게 있어 자신들의 유능함을 입증하고 스스로 만족감을 얻는 데 매우 중요한 것이다. 그들은 혼자 힘으로 무언가를 이룩했을 때만 자기 자신에 대해 긍지를 갖게 된다. 화성인들은 전적으로 혼자 일을 처리해 냈다는 데서 자부심을 느낀다. 자율은 능률과 힘, 능력의 표상이다.

화성인들의 이같은 특성을 이해하면, 그들이 왜 잘못을 지적받거나 할 일을 지시받는 것을 그렇게 싫어하는지 이해할 수 있을 것이다. 남자에게 그가 청하지도 않은 조언을 해주는 것은 곧 그가 일을 앞에 놓고 어찌할 바를 모른다거나, 아니면 혼자서는 해낼 수 없으리라고 여긴다는 것이 된다. 남자들에게 능력은 더없이 중요한 문제이기 때문에 이런 경우 몹시 과민한 반응을 보인다.

화성인들은 자기 문제를 스스로 처리하는 게 보통이므로 전문적인 조언이 필요한 경우가 아니라면 좀처럼 자기 이야기를 남에게 털어놓지 않는다. 이들은 이렇게 생각한다. '나 혼자서도 해결할 수 있는 문제에 왜 남을 끌어들이는가?' 남의 도움이 있어야 일이 해결되는 경우가 아니라면 그들은 자기 문제를 입 밖에 내지 않는다.

그러나 정말로 도움이 필요한 경우에는 그 도움을 얻어내는 것이 능력으로 간주되기도 한다. 이런 경우 그들은 믿을 만한 사람을 찾아가 자기 문제에 대한 조언을 구한다. 화성에서 자기 문제를 털어놓는 것은 도움을 구할 경우에 국한되며, 이때 조언을 요청받은 쪽에서는 수리공 모자를 쓰고 잠시 상대의 이야기를 듣고는 귀중한 조언을 해준다.

여자들이 자기 문제를 이야기할 때 남자들이 자꾸만 해결책을 제시하려고 하는 것은 화성에서의 그러한 관습 때문이기도 하다. 여자가 자기의 우울한 마음을 무심코 털어놓거나 낮에 있었던 속상한 일을 이야기하면, 남자는 그녀가 자기에게 전문적인 조언을 구하는 거라고 생각한다. 그는 당장 수리공 모자를 집어 쓰고 해결 방안을 내놓기 시작한다. 이것이 그가 사랑을 표현하는 방식이다.

가정진보위원의 금성에서의 삶

금성인들의 가치관은 화성인들과는 다르다.

그들은 사랑, 개인간의 친밀한 관계, 대화, 아름다움 등에 높은 가치를 둔다. 서로 도와주고, 관심을 쏟고, 보살펴 주는 일에 그들은 많은 시간을 할애한다. 여성들은 남들과 자신의 느낌을 함께 나누는 관계를 통해 자기 자신에 대한 만족을 느낀다.

그들은 화성인들처럼 권한을 표시하기 위해 제복을 입지 않는다. 오히려 그날 그날의 기분에 따라 옷을 바꿔 입기를 즐긴다. 자기 표현, 특히 자신의 느낌을 표현하는 것이 그들에겐 매우 중요한 것이어서 기분이 바뀌면 하루에 몇 번씩 옷을 갈아입기도 한다.

그들의 주된 관심사는 인간 관계이다. 그들에게는 개인적인 감정을 서로 나누는 것이 어떤 목표를 이룩하고 성공하는 것보다 훨씬 더 중요하다. 함께 이야기를 나누고 함께 느끼는 데서 그들은 엄청난 만족감을 얻는다.

여자들은 목표 지향적이라기보다 관계 지향적이다. 그들은 자신의 능력 대신에 자기가 지닌 따뜻함과 사랑과 관심을 표현하고 싶어한다. 화성인 둘이서 점심 식사를 하러 갈 때는 계획에 대한 논의나 사업상의 목적 등 해결해야 할 일이 있을 경우이다. 그들에게 있어 레스토랑에 간다는 것은 쇼핑을 하고 요리를 하고 설거지를 하지 않고도 손쉽게 음식을 먹을 수 있는 하나의 능률적인 방법이다. 반면에 금성인들이 함께 점심을 먹으러 가는 것은 우정을 돈독히 하고 관계를 풍요롭게 하기 위해서다. 여자들이 레스토랑에서 나누는 사사로운 대화는 의사와 환자 사이에 오가는 상담만큼이나 내밀하고 더 솔직한 것일 수가 있다.

금성에서는 누구나 심리학을 공부해 상담에 관한 한 최소한 석사학위 정도는 갖고 있다. 그들은 인격적 성장이나 마음의 치유 등 정신적인 것에 열중한다. 금성에는 곳곳에 아름다운 공원과 잘 가꾸어진 정원, 쇼핑 센터, 레스토랑이 있다.

금성인들은 매우 직관적이다. 수세기에 걸쳐 타인의 욕구를 미리 헤아려 마음을 써주는 동안 그들에겐 뛰어난 직관력이 생기게 되었다. 진정한 사랑이란 상대가 청하지 않아도 미리 알고 도와주고 보살펴주는 것이라고 그들은 생각한다.

남에게 자기 능력을 입증해 보이는 것이 금성인들에게는 그다지 중요한 것이 아니기에, 누가 도움을 제의해 온다고 해서 기분 상할 것도 없고, 도움을 구한다는 것이 곧 유약함의 표시로 받아들여지지도 않는다. 그러나 남자는 여자가 조언을 해줄 경우 그녀가 자기 능력을 믿지 않는다고 느껴 자존심이 상할 수가 있다.

누군가가 자기를 도와주겠다고 하면 그것이 오히려 자랑거리일 수 있는 여자들에게 남자들의 이러한 과민함은 참으로 황당한 것이다. 여자들은 상대가 도움을 제의해 올 경우 그가 자기에게 호의와 애정을 갖고 있다고 생각하지만, 남자들은 이 경우 스스로 무능력하고 약하다고 느낀다. 심지어 상대가 자기를 사랑하지 않는 거라고 생각하기도 한다.

　금성에서는 조언과 충고가 관심의 표시로 받아들여진다. 금성인들은 어떤 일이 잘 되어 가고 있을 때도 더 잘 될 수 있을 거라는 믿음을 갖고 있다. 무엇이든 좀더 낫게 만들고 싶어하는 것이 그들의 천성이다. 누군가를 좋아하게 되면 금성인들은 이렇게 해 보면 훨씬 낫다거나 예뻐 보인다는 등의 이야기를 상대에게 서슴없이 해준다. 조언을 하고 건설적인 비판을 아끼지 않는 것이 그들의 사랑법이다.

화성인을 향한 조언을 포기하라

톰과 메리는 파티에 가는 중이었다. 톰이 운전을 하고 있었다. 그런데 똑같은 곳을 빙빙 돌기 시작하자 메리는 그가 길을 못 찾는 게 분명하다고 생각했다. 그녀는 다른 사람에게 도움을 요청해 보는 게 어떻겠느냐고 톰에게 말했다. 톰은 그때부터 아무 말도 하지 않았다.

그들은 결국 파티 장소에 도착했지만, 팽팽한 긴장감이 저녁 내내 두 사람을 감싸고 돌았다. 메리는 그가 왜 그토록 기분이 상했는지 알 길이 없었다.

그의 입장에서 보면 기분 나쁜 일이었다. 조금 전에 그녀가 한 말은 "당신만 믿고 있다가는 파티에 못 가겠어요. 당신은 미숙해요!" 라고 한 것과 다름없었으니까.

화성인들의 삶과 사고방식을 몰랐던 메리는, 톰이 혼자 힘으로 무언가를 해낸다는 것이 얼마나 중요한 것인지 이해할 수 없었다. 충고를 해주는 것은 거의 모욕에 가까운 것이다. 그가 도움을 청하지 않는 한 혼자 힘으로 문제를 해결할 수 있다고 믿어주는 것이 예의이며 그를 존중하는 것이다.

톰이 길을 몰라, 한 번 왔던 곳으로 되돌아오곤 할 때 메리는 그를 염려하는 마음에서 충고를 했을 것이다. 하지만 톰은 그로 인해 마음에 깊은 상처를 받은 것이다. 만약 메리가 도움을 주려고 애쓰지 말고 그를 존중해 주었다면, 그것은 남자가 여자에게 예쁜 꽃다발을 안겨주거나 사랑의 편지를 건네는 것만큼이나 톰에게 값진 선물이 되었을 것이다.

화성인과 금성인의 특성을 알고부터 메리는 그럴 때 어떻게 톰을 도와주어야 하는지를 깨닫게 되었다. 다음 번에 또 그가 길을 잘못 찾아 헤맬 때, 그녀는 옆에서 조언을 하는 대신 느긋한 마음으로 심호흡을 한번 하고는 톰이 자기를 위해 애쓰고 있는 것에 대해 고마워했다. 톰은 자신에 대한 그녀의 신뢰와 따뜻한 애정에 무척 감격했다.

대체로 여자들은 남자에게 원하지도 않은 조언을 하거나 그를 도와주려고 할 때, 자신의 말이 그에게 얼마나 비판적이고 불쾌하게 들릴 수 있는지 잘 알지 못한다. 설령 그것이 사랑에서 우러난 제안일지라도 그의 기분을 상하게 하고 상처를 줄 수 있다. 더욱이 어린애처럼 꾸중을 들은 기분이었다거나 그의 아버지가 어머니로부터 비난받는 모습을 늘 보아 왔다면, 그의 반응은 유난히 거셀 수가 있다.

대다수의 남자들에게는 음식점이나 파티에 차를 몰고 가는 것처럼 사소한 일일지라도, 자기가 그 일을 멋지게 해낼 수 있음을 보여주는 게 무척 중요하다. 이 문제에 대한 그들의 생각은 이런 것이다.

"파티 장소를 찾는 것 같은 작은 일도 나를 믿어주지 않는데, 내가 그보다 큰일을 할 때 어떻게 그녀가 나를 믿을 수 있겠는가?"

여자의 말, 귀기울여 들어주기

만일에 남자가 여자의 속성에 대해 아는 바가 없다면, 상대를 도와주려는 좋은 의도를 가졌다고 해도 관계는 점점 악화될 수 있다.

여자가 자기 문제를 이야기해 올 때는 가까워지고 싶기 때문이지, 반드시 해결책을 원해서가 아니라는 것을 남자들은 알아 둘 필요가 있다. 여자는 하루 동안의 자기 기분이 어땠는지를 그냥 이야기하려는 것뿐인데, 그녀의 남자는 뭔가 도울 생각으로 자꾸 여자의 말을 가로막고 그 문제들에 대한 해결책들을 홍수처럼 쏟아 놓는다. 그로서는 왜 그녀가 자신의 호의를 달가워하지 않는지 알 수가 없다. 예를 들어 보자. 메리는 아주 피곤한 하루를 보내고 집으로 돌아왔다.

메리   할 일이 너무 많아요. 내 시간은 조금도 가질 수가 없어요.

톰   당신은 그 일을 그만둬야 해. 그렇게 힘들게 일하지 않아도 되잖아. 그런 일은 그만두고 당신이 정말 하고 싶은 걸 찾아 봐.

메리   하지만 난 내 일이 좋아요. 그들은 내가 한 번 척 보고도 모든 것을 바꿔 놓을 수 있기를 기대해요.

톰   그 사람들 말 들을 거 뭐 있어? 당신이 할 수 있는 것만 하면 되지.

메리   그야 당연하죠. 참, 오늘 이모한테 전화하는 걸 깜빡 잊었어요.

톰	걱정하지 마. 이해하실 거야.
메리	이모가 지금 어떻게 지내시는지 알아요? 이모는 나를 필요로 하신다구요.
톰	당신은 너무 걱정이 많아. 그러니까 그렇게 불행하다는 생각이 들지.
메리	(화가 난 목소리로) 내가 항상 불행하다고 느끼는 건 아녜요. 당신은 내 말을 그냥 듣고 있지는 못하나요?
톰	듣고 있잖아.
메리	왜 짜증을 내요?

가까운 사람과 이런저런 이야기를 나누고 싶은 생각으로 집에 온 메리는 남편과의 대화로 인해 오히려 더 기분이 나빠졌다. 톰 역시 마찬가지였지만 무엇이 잘못되었는지는 알 수 없었다. 그는 메리를 도와주고 싶었는데, 문제를 해결하는 방법이 전혀 먹혀들지 않았다.

금성인들의 삶에 대해 아는 바가 없었기에 톰은 해결책을 제시하지 않고 그냥 이야기를 들어 준다는 것이 얼마나 중요한지 이해하지 못했다. 그가 내놓은 해결책들은 사태를 오히려 악화시켰을 뿐이다. 금성인들은 남의 이야기를 할 때 해결책을 제시하는 일이 절대로 없다. 그들은 이야기하는 사람의 입장이 되어, 상대의 기분을 마음으로 이해하려 애쓰면서 참을성 있게 그 이야기에 귀를 기울여 준다.

자기 기분을 편안하게 이야기할 수 있도록 가만히 들어주는 일이 메리에게 얼마나 큰 위로와 만족감을 줄 수 있는지 톰은 알지 못했다. 금성인들이 어떤 특성을 지니고 있고, 그들이 얼마나 이야기하기를 좋아하는지 알게 되고부터 톰은 점차 이야기를 들어주는 방법을 터득하게 되었다. 이젠 메리가 지친 몸으로 집에 돌아올 때의 톰과 나눈 대화 내용이 사뭇 다르다. 그들은 이렇게 대화를 한다.

메리   할 일이 너무 많아요. 내 시간은 조금도 가질 수가 없어요.

톰   (심호흡을 크게 해서 마음을 느긋하게 갖고) 저런, 아주 힘든 하루를 보냈나 보군.

메리   그들은 내가 한 번 척 보고도 모든 것을 바꿔 놓을 수 있기를 기대해요. 난 어떻게 할 바를 모르겠어요.

톰   (조금 사이를 두고) 으음…….

메리   오늘 이모한테 전화하는 것도 깜빡 잊었지 뭐예요.

톰   (눈을 약간 찡긋해 보이며) 오, 저런.

메리   이모에겐 지금 내가 얼마나 필요한지 몰라요. 내가 너무 무심했던 것 같아요.

톰   당신은 정말 마음이 따뜻한 사람이야. 자, 이리 와 봐. 당신을 한 번 안아주고 싶어.

여자의 이야기에 귀기울여주는 방법을 터득하자, 그녀가 얼마나 행복해하는지 실로 놀라웠다. 서로의 차이를 새로이 인식하게 되면서 톰은 해결책 제시에 연연해하지 않고 조용히 이야기를 들어주는 지혜를 터득했다. 또한 메리는 청하지 않은 조언과 비판을 삼간 채, 그를 가만히 지켜보며 인정해 주는 지혜를 터득했다.

관계 속에서 우리가 가장 흔히 저지르게 되는 두 가지 실수를 간단히 요약해 보면 다음과 같다.

- 여자가 기분이 상해 있으면 남자는 그녀의 기분은 무시한 채 만능 수리공이 되어, 그녀의 문제를 해결할 방안을 제시함으로써 그 기분을 바꿔 놓으려고 노력한다.

- 여자는 가정진보위원회를 만들어, 남자가 실수했을 때 그가 청하지도 않은 충고와 비판을 가해 그의 행동을 변화시키려고 노력한다.

여자는 이걸때 거부감을 느낀다

자기가 제시한 해결 방안에 여자가 거부감을 나타내면 남자는 자기 능력을 의심받고 있다고 느낀다.

여자로부터 능력을 인정받지 못하고 신뢰를 얻지 못하고 있다는 느낌은 그로 하여금 마음을 닫게 하고, 그는 점점 더 그녀의 말에 귀를 기울이고 싶지 않게 된다.

하지만 여자들이 금성에서 왔다는 것을 기억하면 그녀가 왜 그런 태도를 보이는지 이해할 수 있을 것이고, 그녀가 이해와 공감을 필요로 할 때 남자는 늘 해결책 제시에 급급했음을 깨닫게 될 것이다.

상대의 기분이나 감정을 존중하지 않고 공연히 쓸데없는 해결책을 제시하는 것이 어떤 경우인지 여기 몇 가지 간단한 문장들을 통하여 알아보기로 하자. 그녀가 왜 저항감을 느끼게 되는지 알 수 있을 것이다.

- 쓸데없는 걱정 좀 하지 마.
- 내 말은 그게 아니야.
- 그게 뭐 그리 큰 문제라고.
- 알았어, 미안해. 그러니까 이제 그만 잊어버리자구.
- 정 그러면 당신이 그 일을 하면 될 거 아냐?

- 지금 우리가 하는 게 대화가 아니고 뭐요?
- 기분 나쁠 거 없어요. 내가 일부러 그런 건 아니니까요.
- 그래서, 도대체 무슨 말을 하고 싶은 거야?
- 하지만 당신이 그렇게 느낄 필요가 없지.
- 좋아, 그럼 지금부터 당장 그렇게 해요.
- 그런 말도 안 되는 소리 말아요.
- 빙빙 돌리지 말고 핵심을 얘기해 봐.
- 우리가 앞으로 해야 하는 일은······.
- 그게 이 일과 무슨 상관이야?

위의 문장들에서는 하나같이 상대방의 우울한 기분을 간단히 무시하려고 하거나, 부정적 감정을 긍정적 감정으로 변화시키려고 급조해 낸 해결책을 제시하고 있다. 이런 식으로 굳어진 관계를 변화시키기 위해 남자가 우선적으로 해야 할 일은 위와 같은 말을 삼가는 것이다. 남의 기분을 무시하거나 섣불리 해결책을 제시하려 하지 않고, 그저 귀기울여 들어주는 방법을 터득하는 것 자체만으로도 상당한 진전이다.

남자는 이럴때 거부감을 느낀다

자신의 제의에 남자가 거부감을 보이면 여자는 그가 자기를 좋아하지 않는 것 같다고 생각한다. 그래서 자신의 의견과 요구가 무시당하는 거라고 느끼고, 그 결과 그를 더 이상 신뢰하지 않게 된다.

그럴 때 남자들이 화성에서 온 사람들임을 그녀가 기억한다면, 그가 왜 거부 반응을 보이는지 정확히 이해할 수 있을 것이다. 그리고 스스로의 행동을 가만히 되돌아보면 자기가 지금까지 그에게 해온 것은 섣부른 충고와 비판이었을 뿐, 솔직하게 자신의 욕구를 말하고, 정보를 제공하고 부탁한 것이 아니었음을 깨닫게 될 것이다.

충고와 얼핏 악의 없어 보이는 비판으로 본의 아니게 남자를 짜증나게 하는 경우가 어떤 것인지 몇몇 예문을 통해 살펴보자.

- 머리가 너무 긴 것 같지 않아요?
- 저쪽에 주차장이 있네요. 차를 돌려요.
- 당신이 친구들과 어울리고 싶어하면, 그럼 나는요?
- 당신은 너무 일만 해요. 하루쯤 휴가를 내세요.
- 그걸 거기에 놓으면 어떡해요? 찾을 수가 없잖아요.
- 다음에는 반드시 영화 평을 읽어보고 와야겠어요.

- 난 당신이 어디 있었는지도 모르고 있었어요(전화를 해줬어야죠).
- 누가 주스 병에 입을 대고 먹었어요?
- 당신은 늘 시간에 쫓기고 있어요.
- 그 셔츠가 바지하고 안 어울려요.

여자가 남자에게 솔직하고 직접적으로 도움을 요청하는 방법을 모르거나 의견 차이에 대해 건설적인 대화를 나누는 데 미숙할 때, 충고나 비판 없이 남자에게서 자기가 필요로 하는 걸 얻어내기란 불가능하다고 느낄 수도 있다. 그러나 충고와 비판을 삼가고 그를 인정해 보도록 노력하는 것만으로도 큰 진전이 아닐 수 없다.

그가 거부감을 보이는 것은 당신의 요구 자체가 아니라 그 표현방식에 문제가 있기 때문임을 명확히 인식하고 나면 그의 거부에 필요 이상 예민한 반응을 보이지 않게 되고, 자신의 요구를 훨씬 효과적으로 전할 수 있게 될 것이다. 그리고 남자들은 자기 자신에게 문제가 있는 게 아니라 문제를 해결하는 데 자기가 꼭 필요하다고 느낄 때 기꺼이 가정진보위원회에 동참해 온다는 것을 알게 될 것이다.

만일 당신이 여자라면, 앞으로 일주일 동안 상대가 청하지 않은 충고와 비판을 일체 삼갈 것을 권한다. 당신의 배우자는 당신의 그런 태도 변화에 무척 고마움을 느낄 것이고, 뿐만 아니라 당신의 말에 보다 성의 있게 귀기울여 응해주게 될 것이다.

화성인과 금성인의 스트레스 대응법

화성인들은 기분이 언짢을 때 무엇이 자기를 괴롭히고 있는지 좀처럼 이야기하지 않는다. 자기 문제로 남을 부담스럽게 하는 것을 원치 않는다. 대신에 화성인은 조용히 동굴에 들어가 해결책이 나올 때까지 그 문제를 생각하고 또 생각한다.

해결책을 찾을 수 없는 경우, 그는 그 문제를 잊기 위해 신문을 읽거나 게임을 하는 등 뭔가 다른 일을 한다. 그러는 동안 낮에 있었던 복잡한 문제에서 벗어나게 되어 점차 마음의 긴장이 풀리게 된다.

금성인들은 낮에 스트레스를 받는 일이 있었다거나 기분이 우울할 때, 자기가 믿는 사람을 찾아가 자기 문제를 속시원히 이야기하고 싶어 한다. 감정의 공감대가 형성되면 그들은 아까보다 한결 기분이 풀린다. 이것이 금성인들의 기분 전환 방법이다.

금성에서 자기 문제들을 다른 이와 나눈다는 것은 사랑과 신뢰의 표시가 된다. 유능하게 보이는 것보다는 오히려 애정이 깊은 관계 속에 존재한다는 것에 그들은 더 큰 의미를 부여한다.

금성인은 자신의 어려운 문제와 우울한 기분을 터놓을 수 있는 사랑하는 친구가 있다는 것에서 위로를 받는다. 화성인은 동굴 속에서 혼자 힘으로 문제를 해결하고 나서야 비로소 기분이 풀린다. 이같은 기분전환의 비결은 오늘날에 이르러서도 마찬가지로 적용된다.

동굴 속에서 위안을 찾는 화성인들

스트레스를 받으면 남자는 자기 마음속의 동굴에 들어가 문제를 해결하기 위해 정신을 집중한다.

이때 그가 선택하는 것은 대개의 경우 가장 긴급한 문제이거나 가장 어려운 문제이다. 이 한 가지 문제에 너무나 골몰한 나머지 순간적으로 그 외의 다른 것들은 일체 눈에 들어오지 않는다. 그 밖의 문제들이나 의무는 눈에 띄지 않는 뒤쪽으로 가라앉는 것이다.

그럴 때의 그는 태도가 냉랭하고, 남의 일을 곧잘 잊어버리고, 부주의하고 반응이 없고, 상대방을 건성으로 대한다. 예를 들면, 그가 집에서 대화를 나누는 경우 95퍼센트는 마음이 다른 데 가 있고 나머지 5퍼센트만 가지고 대화에 임하는 것이다.

자신에게 스트레스가 되고 있는 문제의 해결 방안을 골똘히 생각하느라고 다른 것들은 의식하지 못한다. 스트레스가 심하면 심할수록 그는 그 문제에 더욱 집요하게 매달린다. 그럴 때의 그는 평소에 늘 그래 왔고 또 그것이 마땅한 것이라 하더라도, 여자에게 관심을 기울이거나 감정을 표현하는 등의 일을 제대로 하지 못한다. 그는 마치 어디엔가 마음을 빼앗긴 사람처럼 보이지만 어쩔 수 없는 일이다. 그러나 만일 해결책을 발견한다면, 그는 이내 기분이 좋아져 동굴 밖으로 나오고 일상적인 생활로 복귀한다.

스트레스를 받으면 남자는 자기 마음속의 동굴에 들어가 문제를 해결하기
위해 정신을 집중한다.

이때 그가 선택하는 것은 대개의 경우 가장 긴급한 문제이거나 가장 어려
운 문제이다. 이 한가지 문제에 너무나 골몰한 나머지 순간적으로 그 외의
다른 것들은 일체 눈에 들어오지 않는다.

몇 가지 사례를 통해 좀더 자세히 알아보도록 하자. 짐은 보통 머리를 식히기 위해 신문을 읽는다. 신문을 펼쳐 들고 있는 동안에는 낮에 있었던 일들을 잠시 접어둘 수가 있다. 직장에서의 문제에 빼앗기지 않은 5퍼센트의 지각력으로 그는 세계의 문제에 대해 나름대로 견해를 형성하고 해결책을 생각해 본다. 그러다가 차츰 신문 기사에 몰입하게 되면 자기 문제는 잊어버린다. .

톰은 긴장을 풀고 스트레스를 해소하기 위해 축구 경기를 본다. 스포츠를 관람할 때 그는 마치 자기가 일을 해낸 것 같은 대리 만족을 경험한다.

자기가 응원하는 팀이 골을 넣거나 이기면 그는 승리감을 만끽하고, 반대로 그의 팀이 시합에서 지면 자기 자신의 패배인 양 속상해한다. 그러나 이기든 지든 자신의 문제에 매달려 있던 그의 마음은 어느 정도 놓여나게 된다. 톰뿐만 아니라 대다수의 남자들에게는 운동 경기나 신문에 난 사건, 그리고 영화 등을 통해 얻게 되는 긴장의 해소가 삶의 긴장으로부터 잠시나마 벗어나게 해주는 것이다.

여자들이 동굴을 향해 보이는 반응은?

자기 동굴에 틀어박히게 되면 남자는 배우자가 기대하는 만큼의 관심을 기울일 능력을 상실한다.

그가 얼마나 스트레스를 받고 있는지 모르는 그녀로서는 이럴 때의 그를 받아들이기가 쉽지 않다. 만약 그가 집에 돌아와 자신의 어려운 일을 상의해 온다면 그녀는 얼마든지 그에게 따뜻하게 대할 수 있을 것이다. 그러나 그는 입을 꾹 다물고 있고, 그녀는 그가 자기를 무시하고 있다고 느낀다. 그가 기분이 좋지 않다는 것은 느낌으로 알 수 있다 하더라도, 자기에게 말을 하지 않는 것이 자기를 좋아하지 않기 때문이라고 억측을 하게 된다.

동굴에 들어가 있는 남자에게 당장 마음을 털어놓으라거나 상대의 말에 즉각 반응하고 애정을 기울이기를 바라는 것은, 기분이 극도로 언짢아져 있는 여자에게 지금 당장 마음을 가라앉히고 완벽한 이성을 찾으라고 요구하는 것과 마찬가지로 비현실적인 것이다. 여자의 느낌이 언제나 합리적이고 논리적이기를 기대하는 것이 잘못이듯 남자가 항상 사랑하는 감정을 염두에 두고 행동하기를 바라는 것 또한 잘못이다.

그녀의 반응이 당연한 것임을 이해하지 못할 때 그는 스스로를 방어하려 들고, 두 사람은 서로 잘잘못을 따지려 든다. 여기 가장 흔히 나타나는 다섯 가지의 오해가 있다.

- "당신은 제 얘기를 듣고 있지 않군요"라고 그녀가 말하면, 그는 "안 듣다 니 그게 무슨 소리요? 당신이 뭐라고 그랬는지 내가 어디 말해 볼까?"라고 한다.
- 동굴에 들어가 있을 때 남자는 5퍼센트의 마음으로 상대방의 말을 듣는 다. 5퍼센트로 들었어도 들은 건 들은 거라고 그는 항변한다. 그러나 그녀 가 요구하는 것은 분산되지 않은 온전한 관심이다.

- "당신이 여기 없는 것 같다는 느낌이 들어요"라고 여자가 말하면 남자는 이렇게 대꾸한다. "내가 여기 없다는 것이 무슨 소리요? 나는 분명히 여기 있소. 당신 눈에는 내 몸이 보이지 않소?"
- 그의 몸이 그곳에 있는 이상 그녀가 그렇게 말할 수 없는 거라고 그는 주 장한다. 하지만 몸이 있어도 그녀에게는 그가 온전하다고 느껴지지 않는 다. 그녀의 말은 바로 그런 의미이다.

- 그녀가 "당신은 나한테 마음을 써 주지 않아요"라고 하면 그는 "물론 나는 당신에게 마음을 쓰고 있소. 그렇지 않다면 왜 내가 이 문제를 해결하려고 이 고생이겠소?"라고 말한다.
- 자기가 이렇게 전심 전력으로 매달리고 있는 것은 그녀를 염려하고 사랑 하기 때문이라고 그는 설명한다. 그러나 그녀는 그의 관심과 배려를 피부

로 직접 느끼고 싶어한다. 그것이 그녀가 바라는 것이다.

- 그녀는 "내가 당신한테는 하잘것없는 존재인 것 같은 느낌이 들어요" 라고 말한다. 그러면 그는 "말도 안 되는 소리. 당신은 내게 중요한 사람이오" 라고 말한다.
- 그녀를 위해 자기가 이렇게 문제를 해결하려고 애쓰는데 그런 감정을 갖다니 말도 안 된다며, 그는 의아해한다. 그가 한 가지 문제에 골몰하느라고 그녀의 다른 문제들에 대해 전혀 아랑곳하지 않으면 어떤 여자라도 그와 똑같은 반응을 보일 것이며, 무시당하고 있다는 느낌을 갖게 될 것임을 그는 깨닫지 못한다.

- "당신은 감정이 없어요. 머리만 있을 뿐이에요" 라고 그녀가 말하면, 그는 "그게 뭐 잘못됐소? 그렇지 않으면 내가 이 문제를 어떻게 해결할 수 있다고 생각해요?" 하고 말한다.
- 자기는 문제 해결에 반드시 필요한 일을 하고 있는데, 그녀가 공연히 트집을 잡으며 지나친 요구를 한다고 그는 생각한다. 그리고 그녀가 고마워할 줄 모른다고 여긴다. 그로서는 그녀의 감정을 도저히 이해할 수가 없다. 남자들은 자기들이 얼마나 극단적으로 따뜻한 사람에서 냉랭하고 무심한 사람으로 변하는지를 깨닫지 못하고 있다.

대화를 통해 위안 얻기

여자들은 스트레스를 받으면 지금 자기 감정이 어떻고, 자기가 무슨 일로 인해 기분이 그렇게 되었는지를 이야기하고 싶은 본능적인 욕구를 느낀다.

이야기를 시작함에 있어서 그녀는 문제의 심각성으로 우선순위를 매기지 않는다. 만일 그녀가 기분이 나쁘다면 그 일이 크든 작든 기분이 나쁜 건 나쁜 것이다. 그녀는 그 문제들에 대한 해결책을 찾는 데 관심을 두기보다는 자신의 감정을 표현하고 이해받음으로써 위안을 얻고자 한다. 두서없이 자기 문제들을 털어놓다 보면 기분이 조금 풀리게 된다.

우울한 기분을 풀기 위해서 여자들은 과거의 문제, 장래의 문제, 그리고 아직 겉으로 드러나지 않고 잠재되어 있는 문제들, 심지어는 아무런 대책이 없는 문제들에 이르기까지 모두 쏟아낸다. 가슴에 묻어 놓은 이야기들을 많이 털어놓을수록 그녀는 기분이 홀가분해진다. 이것이 바로 여자들의 행동 양식이다. 그와 동떨어진 행동 양식을 기대하는 것은 여자에게 자아 개념을 부정하라고 요구하는 것과 같다.

감정적으로 무엇엔가 압도되어 있는 여자는 자기가 느끼는 여러 문제들에 대해 시시콜콜 이야기함으로써 위안을 얻는다. 누군가가 자기 말에 귀를 기울이고 있음을 느끼게 되면서 그녀의 긴장감은 사라진다. 한 가지 주제에 대해 이야기를 다 했으면 잠시 멈췄다가 또 다른 문제로 넘어간다.

여자가 이야기하고 싶어할때 남자의 반응은?

여자들이 문제를 이야기하면 대부분의 경우 남자들은 저항감을 갖는다.

여자가 자기의 문제를 남자에게 이야기하는 것은 그에게 책임이 있다고 여기기 때문이라고 그들은 생각한다. 그래서 더 많은 문제들을 이야기하면 할수록 그는 더욱더 자기가 비난을 받는 것처럼 느낀다. 그녀가 우울한 기분에서 벗어나려고 이야기한다는 것을 그는 알지 못한다. 그저 들어주는 것만으로도 그녀는 그를 고맙게 생각하리라는 것을 그는 모른다.

화성인들이 자기 문제를 이야기하는 데는 오직 두 가지 이유에서이다. 하나는 누군가를 비난하고 탓하는 경우이고, 다른 하나는 조언을 구할 때이다. 여자가 기분이 몹시 언짢아 보이면 남자는 그녀가 자기에 대해 원망을 하고 있다고 추측한다. 그녀가 약간 기분이 상해 있을 때는 자기에게 조언을 구하는 것이라고 그는 자기 마음대로 추정한다.

그녀가 조언을 구하는 것이라고 판단되면 그는 만능 수리공 모자를 눌러쓰고 그녀의 문제를 해결하려 한다. 만일 그녀가 자기를 비난하는 것 같으면 그는 공격으로부터 자신을 방어하고자 칼을 빼어 든다. 두 가지 중 어떤 경우이든 남자는 이미 여자의 말에 귀를 기울이기 어려운 상태에 와 있다.

그가 문제에 대한 해결책을 제시하는 데도 그녀는 여전히 다른 문제들을

자꾸 끄집어내 이야기한다. 그는 두세 가지 정도의 해결책이면 그녀의 기분이 좋아질 거라고 기대한다. 화성인들은 자기네가 먼저 조언을 구한 경우라면 그에 대한 해결책을 반갑게 받아들이고, 곧 우울한 기분에서 벗어나기 때문이다. 그녀의 기분이 조금도 나아지지 않으면 그는 자기가 내놓은 해결책을 그녀가 시큰둥해 한다고 느낀다.

상대로부터 공격을 받았다고 느끼면 그는 자기 자신을 방어하기 시작한다. 그는 그녀가 자신의 설명을 듣고 나면 더 이상 자기를 비난하지 않을 거라고 생각한다. 그러나 그가 스스로를 옹호하면 할수록 그녀는 점점 더 기분이 나빠진다. 그녀가 진정으로 필요로 하는 것은 변명이 아니라는 것을 그는 깨닫지 못한다.

그녀가 원하는 것은 자기의 감정을 그가 이해해 주는 것이며, 자기 문제들을 좀더 이야기할 수 있도록 해주는 것이다. 만일 그가 현명해서 그녀의 이야기에 가만히 귀기울여 들어주기만 한다면 그녀는 곧 그를 비난하는 것을 그칠 것이다. 그리고 다른 문제들에 대한 이야기로 넘어갈 것이다.

남자들은 또 자기가 어떻게 해볼 도리가 없는 문제에 대해 여자가 말을 하면 특히 좌절감을 느낀다. 예를 들어 스트레스를 받은 여자는 다음과 같은 불평을 할 수도 있다.

- 나는 직장에서 충분한 보수를 받고 있지 못해요.
- 루이즈 이모의 병세가 점점 더 악화되고 있어요. 해가 갈수록 쇠약해지는 것 같아요.

• 날씨가 너무 건조해요. 도대체 언제쯤이나 비가 오려는지 모르겠어요.

여자가 이와 같은 말을 하는 것은 자신의 우려와 실망감, 좌절감을 표현하는 하나의 방식일 수 있다. 그녀 역시 뾰족한 해결 방법이 없다는 것을 알고 있을지 모른다. 그러나 아무리 대책 없는 일이라도 이야기를 하고 나면 마음이 조금 후련해지고, 또 상대가 자기 이야기를 성의껏 들어주고 공감을 표시해 주면 그녀는 새로운 힘을 얻는다.

남자가 여자를 사랑할때

남자가 한 여자를 사랑하게 되면 최초에 화성인이 금성인을 발견했을 때와 똑같은 일이 벌어지게 된다.

동굴에 틀어박힌 채 원인 모를 우울증에 시달리고 있던 그는 망원경으로 하늘을 바라보았다. 흡사 번개에 맞은 것처럼 번쩍 하는 순간 그의 인생이 영구히 바뀌었다. 그는 금성인들을 본 것이다. 그의 몸은 불꽃처럼 타올랐다. 금성인들을 본 순간 그는 난생 처음으로 자기 아닌 다른 사람에게 관심을 가지게 되었다. 단 한 번 힐끗 보았을 뿐인데 그의 삶은 새로운 의미를 띠게 되었다. 그를 짓누르고 있던 우울증은 말끔히 걷혔다.

화성인들은 승리와 패배의 철학을 갖고 있었다. 나는 승리를 원하고, 너의 패배는 내가 알 바 아니라는 게 바로 그것이다. 화성인들이 저마다 자기 자신에게만 신경을 쓰는 동안 이러한 공식은 예외 없이 적용되었다. 그러나 수세기 동안 통용되어 온 그 공식은 바뀔 필요가 있었다. 자기 자신의 일에만 몰두한다는 것이 더 이상 예전처럼 만족스럽지 못했기 때문이다. 사랑에 빠진 그들은 자기 자신만큼이나 금성인들도 승리를 얻게 되기를 바랐다.

화성인들의 이같은 행동 양식은 우리 인생에 대부분 그대로 존재하고 있다. 상대의 희생을 대가로 내 욕구를 채우려 한다면 원망과 갈등, 불행이 찾아올 것이다. 자신과 상대방이 모두 승리하는 것, 바람직한 관계 형성의 비결이다.

서로 다른 점에 이끌린다

낮설고 아름다운 금성인들은 화성인들에게 있어 신비로운 유혹이었다. 특히 금성인들
이 지닌 다른 점들이 화성인들의 마음을 끌었다.

화성인들이 딱딱하다면 금성인들은 부드러웠고, 그들이 모난 데 비해 금성인
들은 둥글었으며, 그들이 차갑다면 금성인들은 따뜻했다. 이러한 차이는 신기
하고 완벽하게 서로에게 딱 들어맞는 것 같았다.

말은 안 했지만 금성인들은 아주 크고 분명하게 자기 뜻을 전했다.

"우리는 여러분들이 필요해요. 여러분의 능력과 힘은 우리 내면에
깊숙이 자리한 공허함을 채우고 굉장한 만족감을 줄 수 있어요. 우리가
함께 한다면 무척 행복할 거예요."

이러한 금성인들의 은근한 유인에 화성인들은 힘을 얻고 행동에의 동기
를 느꼈다.

여자들은 대부분 이러한 메시지를 어떻게 전해야 할지를 본능적으로 알
고 있었다. 두 사람의 관계가 형성되기 시작할 무렵 여자는 남자에게 당신이
야말로 나를 행복하게 해줄 수 있는 사람이라고 말하는 듯한 짧은 눈길을 보
낸다. 이렇게 교묘한 방법으로 그녀가 사실상 그 관계에 시동을 거는 것이다.
이 눈길 때문에 그는 좀더 그녀에게로 가까이 다가갈 용기를 얻는다. 그리고
그녀와 관계를 맺음에 있어 두려움을 극복할 힘을 얻는다. 그런데 불행히도

일단 두 사람의 관계가 이루어지고 둘 사이에 문제가 생기기 시작하면, 여자는 그러한 메시지가 남자에게 있어 여전히 중요한 것임을 자각하지 못한 채 메시지를 보내는 일을 소홀히 하게 된다.

화성인들은 금성인들에게 영향을 미칠 거라는 가능성에 무척이나 고무되었다. 그들은 새로운 발전 단계로 나아가고 있는 중이었다. 자신들의 능력을 입증해 보이고 신장시키는 일만으로는 더 이상 만족을 느낄 수 없었다. 그들은 자신의 힘과 기술을 다른 사람을 위해, 특히 금성인들을 위해 쓰고 싶었다. 그들은 승리와, 승리라는 새로운 철학을 진전시켜 나가기 시작했다. 그들은 모든 이들이 자기 자신뿐만 아니라 남들에게도 관심을 갖고 배려하는 그런 세상을 원했다.

사랑이 화성인들을 고무시키다

남자는 사랑을 하게 되면 다른 사람들을 위해 최고가 되고 싶어한다. 그는 자기가 뭔가 중요한 변화를 불러일으킬 수 있으리라는 자신감에 넘친다. 그러다가 잠재 능력을 펼쳐 보일 기회가 주어지면 그는 자기 자신의 가장 뛰어난 모습을 마음껏 드러낸다.

사랑을 하게 되면 남자는 자기 자신만큼이나 남들에게도 관심을 갖기 시작한다. 오직 자기자신을 위한 일에만 열의를 보이던 쇠사슬을 풀고, 사사로운 이익을 챙기려는 목적이 아니라 순수한 염려에서 다른 사람들에게도 관심을 기울이게 된다. 그는 배우자의 성취를 마치 자신의 성취인 양 기쁘게 받아들이고, 그녀가 행복해 하면 자기도 행복하므로 그녀의 어려움까지도 기꺼이 감수하려 한다.

대부분의 남자들은 사랑을 몹시 주고 싶어하는 동시에 사랑받기를 갈망한다. 그들이 안고 있는 가장 심각한 문제는 자신들이 무엇을 그리워하는지를 알지 못한다는 것이다. 그들은 자신의 아버지가 사랑을 베푸는 행위를 통해 어머니를 충족시키는 것을 별로 본 적이 없었기에, 남자가 상대에게 무엇인가를 줌으로써 어느 정도의 성취감을 얻을 수 있는지 전혀 알지 못한다. 인간 관계에 문제가 생긴 듯 하면 그는 금세 풀이 죽어 자기 동굴 안에서 나오지 않으려 한다. 그리고 자기 기분이 왜 그렇게 우울한 지를 깨닫지 못한다.

그녀는 하늘에서 우주선이 날아와 화성인이라는 힘세고
자상한 마음씨의 종족이 나타날 것임을 꿈꾸고 있었다.
그 사람들은 누군가가 보살펴 주어야 하는 그런 존재가
아니라, 오히려 금성인들을 보호해 주고 싶어하고 부양
하고 싶어할 거라고 여겼다.

여자가 남자를 사랑할때

여자가 한 남자를 사랑하게 되면 처음에 금성인들이 화성인이 오리라고 믿었을 때와 똑같은 일이 벌어지게 된다.

그녀는 하늘에서 우주선이 날아와 화성인이라는 힘세고 자상한 마음씨의 종족이 나타날 것임을 꿈꾸고 있었다. 그 사람들은 누군가가 보살펴 주어야 하는 그런 존재가 아니라, 오히려 금성인들을 보호해 주고 싶어하고 부양하고 싶어할 거라고 여겼다.

화성인들은 매우 충실했고, 금성인의 아름다움과 교양에 매료되었다. 그들은 자기들의 힘과 능력을 기꺼이 바칠 대상이 없다면 아무런 의미가 없다고 생각했다. 이 놀랍고 찬탄할 만한 존재들이 금성인들을 위해 봉사하고, 그들을 만족시키고 기쁘게 해줄 수 있어야만 비로소 안도감을 느끼고 원기를 얻게 된 것이다. 이 얼마나 경이로운가!

다른 금성인들도 모두 그와 비슷한 꿈을 꾸면서 오랜 우울증에서 벗어났다. 금성인들을 변화시킨 것은, 곧 화성인들이 와서 도움을 줄 것이라는 믿음이었다. 그 동안 금성인들을 짓누르고 있던 것은 외로움과 고독감이었다. 그런 기분에서 벗어나기 위해 그들은 누군가가 사랑으로 자기들을 보살펴 주리라는 느낌이 필요했다.

자기가 사랑하는 사람으로부터 보호받고 있다는 느낌이 여자들에게 얼마나 중요한 것인지 남자들은 대부분 인식하지 못한다. 여자는 자신의 욕구가 충족될 것이라는 믿음이 있을 때 행복을 느낀다. 그녀가 기분이 언짢거나 지치고 혼란스러워 어찌할 바를 모르고 있을 때, 그녀에게 가장 필요한 것은 누군가와 함께 있다는 느낌이다. 혼자가 아니라는 느낌, 사랑받고 있다는 느낌이 필요한 것이다.

그녀의 입장이 되어 생각해 주고 이해해 주고, 그녀와 함께 느끼는 것이 그녀로 하여금 그의 원조를 기꺼이 받고 고맙게 여기도록 하는 데 도움이 된다. 기분이 언짢을 때는 혼자 있는 게 최고라고 느끼는 화성인들은 그녀의 이런 마음을 좀처럼 헤아리지 못한다.

그녀의 기분이 나빠 보이면 그녀를 존중하는 뜻에서 혼자 있도록 내버려두려 할 것이고, 설령 곁에 있어 준다고 해도 문제를 해결한답시고 오히려 상대의 기분을 더 악화시키게 될 뿐이다. 그는 친밀한 느낌과 마음의 교감이 그녀에게 얼마나 중요한 것인지 꿈에도 알지 못한다. 그녀에게 가장 필요한 것은 누군가 자기 이야기를 들어줄 사람이다.

사랑, 너무 많이 베풀면 피곤하다

금성인들은 언제부터인가 그들이 남에게 늘 그렇게 베풀어야 한다는 것에 싫증이 났다. 남의 고민을 언제나 같이 짊어져야 하는 게 짜증스러웠다. 그들은 잠시 마음을 편히 갖고 그저 누군가의 보호를 받고 싶다는 생각을 했다.

오늘날 많은 여자들이 상대에게 베푸는 일에 지쳐 있다. 그들은 휴식 시간을 원하고 자기 자신을 발견하기 위한 시간, 누구보다도 우선적으로 자기 자신에게 관심을 가질 시간을 필요로 한다. 그들은 감정적으로 기댈 수 있으면서 자기들이 돌보아주지 않아도 되는 그런 상대를 원한다. 화성인들이야말로 그들의 구미에 딱 들어맞는 사람들이었다.

금성인들은 이제 받아들이는 것을 배울 준비가 되어 있고 화성인들은 베푸는 것을 익히고 있다. 바야흐로 금성인과 화성인은 발전 단계에 이른 것이다. 금성인들은 받는 방법을, 화성인들은 주는 방법을 배워야 한다.

이같은 변화는 남녀가 나이를 먹어 가는 과정에서 흔히 일어난다. 여자가 젊었을 때는 얼마든지 자기를 희생할 각오가 되어 있고, 스스로를 상대에 맞추어 그를 만족시키려고 애쓴다. 그런데 여자는 나이를 먹어 감에 따라, 상대를 기쁘게 하기 위해 자기 자신을 너무 많이 포기해 온 것이 아닌가 하는 회의가 생기기 시작한다.

서로 비난하지 않기

그 동안 너무나 많은 것을 베풀어 왔다고 느끼면, 여자는 행복하지 못한 것에 대해 상대를 탓하는 경향이 있다. 늘 더 많이 주어 왔다는 사실이 불공평하게 느껴지는 것이다. 그러나 설령 자기가 마땅히 받아야 할만큼 받지 못했다고 해도, 그와의 관계를 개선하고자 한다면 자기도 책임이 있다는 인식을 가져야 한다. 자기가 너무 많이 준다고 해서 상대방을 비난할 이유는 없다.

마찬가지로 남자도 자기가 상대에 비해 조금밖에 주지 않으면서 그녀의 불만스러운 태도를 탓할 수는 없다. 비난은 아무런 도움이 되지 않는다.

문제의 해결책은 비난이 아니라 이해와 믿음, 공감과 관용이다. 만일 그런 상황이 벌어진다면, 남자는 그녀가 자기를 원망하는 것에 화를 내기보다 그녀의 입장이 되어 생각해 보아야 한다. 그리고 처음에는 그녀가 자기를 비난하는 것처럼 들리더라도 끝까지 그녀의 이야기에 귀기울이고, 그녀에게 마음을 쓰고 있다는 것을 보여주는 몇 가지 작은 행위를 통해 그녀가 자기를 신뢰하고 마음을 터놓을 수 있도록 도와주어야 한다.

이렇게 되면 여자는 남자가 자기보다 주는 데 인색하다고 비난하는 대신 그의 불완전함을 이해하고 용서할 수 있다. 특히 그가 실제로 주고 있는 것에 대해 고마워하며 계속 그의 도움을 요청함으로써 좀더 많이 베풀도록 그를 북돋울 수 있을 것이다.

문제의 해결책은 비난이 아니라 이해와 믿음, 공감과 관용이다. 만일, 그런 상황이 벌어진다면, 남자는 그녀가 자기를 원망하는 것에 화를 내기보다 그녀의 입장이 되어 생각해 보아야 한다. 그리고 처음에는 그녀가 자기를 비난하는 것처럼 들리더라도 끝까지 그녀의 이야기에 귀기울이고, 그녀에게 마음을 쓰고 있다는 것을 보여주는 몇 가지 작은 행위를 통해 그녀가 자기를 신뢰하고 마음을 터놓을 수 있도록 도와주어야 한다.

화성인에게 효과적으로 받는 법

여자에게는 거절과 비난과 버림받음이 그 무엇보다 고통스러운 일이다.

자기는 많은 것을 요구하거나 받기에 부족한 사람이라는 그릇된 믿음이 그녀의 잠재의식 깊숙한 곳에 자리잡고 있기 때문이다. 이러한 믿음은 어린 시절의 그녀가 자신의 감정과 욕구와 바람들을 억눌러야 했던 순간 순간마다 그녀의 가슴속에서 자라나 굳어진 것이었다.

여자는 특히 자기가 사랑받을 만한 존재가 못 된다는 부정적이고 그릇된 믿음을 갖기 쉽고, 어렸을 때 자신의 어머니가 학대받는 것을 보았다거나 늘 야단만 맞고 자랐을 경우에는 더욱 그렇다. 자기가 무가치한 존재라는 느낌은 다른 사람을 필요로 한다는 것에 대해 두려움을 갖게 하고 아무도 자기를 도와주지 않을 거라는 생각을 은연중에 하게 만든다.

도움받을 수 없으리라는 두려움 때문에 그녀는 자신이 필요로 하는 도움을 무의식적으로 밀어낸다. 상대로부터 도움받을 수 있다는 것을 믿지 않으면 상대는 그녀가 자기를 거부하는 것이라고 느끼고 곧 등을 돌린다.

그녀의 불신과 자포자기는 자신의 정당한 욕구를 절망적인 곤궁으로 바꾸어 표현하게 하고, 이는 그가 자신의 욕구를 만족시켜 줄 리 없다고 생각한다는 의중을 그에게 드러내는 결과가 된다. 얄궂게도 남자들은 본래 자기를 필요로 하는 상대 앞에서는 마음이 움직이지만 그런 식의 자포자기는 듣고 싶어하지 않는다.

　그런 경우 여자는 그가 등을 돌리는 것이 자기가 무엇인가를 요구했기 때문이라는 오해를 하게 되는데, 그를 외면하게 만드는 것은 실은 그녀의 불신과 자포자기와 절망인 것이다.

　'필요로 하는 것을 요구하는 것'은 상대가 최선을 다할 것을 믿는 마음으로 솔직히 손을 내밀어 도움을 청하는 것을 뜻한다. 이런 태도는 그에게 힘을 준다. 그러나 '곤궁함의 표현'이란 도움을 받을 수 있으리라는 것을 믿지 못하기 때문에 자신의 필요를 절망적으로 나타내는 것이다. 이는 남자로 하여금 그녀가 자기를 인정하지 않고 거부하고 있다고 느끼게 하고 심정적으로 더욱 멀어지게 만든다.

여기 지구에서는, 엄마가 사랑받는 것을 보고 자란 여자아이는 자연히 자기가 가치 있는 존재라고 느낀다. 그 아이는 무작정 한없이 베풀기만 하는 금성인들의 전철을 여간해서는 밟지 않는다.

자신을 어머니와 완전히 동일시하기 때문에 그 아이는 사랑을 받는다는 것에 대해 두려움을 갖지 않는다. 어머니가 일찌감치 이같은 지혜를 터득했다면 그 딸은 자연히 어머니를 보고 배우게 된다.

금성인! 자기 가치에 확신을 갖자

금성인들은 수세기 동안 다른 사람의 욕구를 배려하고 헤아려 줌으로써 자기가 무가치한 존재라는 근본적인 두려움을 상쇄시켜 왔다.

남에게 주고 또 주면서도 그들의 마음 한구석에는 자기가 남들로부터 도움받을 자격이 없는 사람이라는 생각이 자리잡고 있었다. 그들은 주는 행위를 통해 스스로 좀더 가치 있는 존재가 되고 싶어했다. 그런데 오랜 세월을 베풀고 살아오면서 그들은 마침내 자기가 사랑과 배려를 받을 자격이 있는 사람임을 깨닫게 되었다. 인생을 돌아봄으로써 스스로의 가치를 깨닫게 된 것이다.

여기 지구에서는, 엄마가 사랑받는 것을 보고 자란 여자아이는 자연히 자기가 가치 있는 존재라고 느낀다. 그 아이는 무작정 한없이 베풀기만 하는 금성인들의 전철을 여간해서는 밟지 않는다. 자신을 어머니와 완전히 동일시하기 때문에 그 아이는 사랑을 받는다는 것에 대해 두려움을 갖지 않는다. 어머니가 일찌감치 이같은 지혜를 터득했다면 그 딸은 자연히 어머니를 보고 배우게 된다.

그러나 금성인들에게는 역할에 대한 바람직한 모델이 없었기에, 자꾸 베풀기만 하려는 태도를 버리기까지는 수천 년의 세월이 필요했다. 그리고 그들이 스스로 사랑받을 자격이 있는 존재임을 깨닫게 된 바로 그 순간, 신기하게도 화성인들 역시 변화를 겪고 우주선을 건조하기 시작했다.

남자! 사랑을 주는 일을 두려워한다

남자들에게 있어 가슴속 가장 깊숙한 곳에 자리잡고 있는 두려움은 자기가 썩 훌륭하지도 못하고 무능력한 존재일지도 모른다는 것이다.

그는 힘과 능력을 키우는 데 관심을 집중함으로써 이러한 두려움을 보상받는다. 성공과 능력은 그의 인생에서 최우선 순위를 차지하는 것이다. 금성인들을 발견하기 전까지 그들은 이런 일에 너무나 몰두해 있었으므로, 그 외의 다른 일이나 다른 사람들에게는 신경을 쓸 여유가 없었다. 남자가 무엇에 대해 두려워하고 있을 때는 매사에 극도로 무심하고 냉정한 반응을 보인다.

여자들이 사랑을 받는 일에 두려움을 갖는 것과 마찬가지로 남자들은 사랑을 주는 일에 두려움을 느낀다. 남에게 무엇인가를 주려고 마음 먹는다는 것은 거절당하거나 무안을 당할 위험을 무릅쓰는 일이다. 자기가 별로 그럴 듯한 사람이 못된다는 두려움이 그의 잠재의식 깊숙이 도사리고 있기에, 거절당하는 것은 그에게 무엇보다도 큰 상처가 된다. 자기가 별 볼일 없는 존재라는 그릇된 믿음은, 어린 시절부터 실제의 자기보다 버거운 기대를 느낄 때마다 마음속에 조금씩 생겨 자라 온 것이다. 그의 성취에 아무도 관심을 가져주지 않고 인정해 주지 않으면 그의 잠재의식 깊숙한 곳에는 자기가 별로 훌륭한 사람이 못 된다는 그릇된 믿음이 싹트기 시작한다.

남자들은 이 그릇된 자기 평가로 인해 특히 상처받기가 쉽다. 그가 옳지 않은 믿음을 갖고 있을 때 그의 가슴속에는 실패에 대한 두려움이 싹트게 된다. 상대에게 주고 싶은 마음이 있어도 실패할까 봐 두려워 지레 포기해 버리는 것이다. 자기가 부족한 존재일 거라는 두려움이 있기에 그는 쓸데없는 모험을 회피하려는 경향을 보인다.

자신감이 없는 남자는 자기 문제 이외의 그 어떤 것에도 관심을 갖지 않는다. 가장 자연스러운 변명은 "난 관심 없어"라고 말하는 것이다. 이런 이유로 화성인들은 남의 일에 별로 상관하지 않고 살아왔다. 능력을 갖추고 성공한 사람이 됨으로써 그들은 비로소 자기가 훌륭한 사람임을 깨닫고 자신 있게 남에게 베풀 수 있게 된 것이다.

그는 그녀의 영웅이 되고 싶어한다. 그녀가 어떤 일에 대
해 실망하거나 불행을 느끼면 그는 스스로 실패자라고
여긴다. 여자의 불행은 그의 가슴속 깊숙이 자리잡고 있
는 두려움, 자기가 별로 좋은 사람이 못 되어 그런 거라
는 은밀한 두려움을 기정사실화하는 것이다.

화성인들에게도 사랑은 필요하다

여자들이 자기가 필요로 하는 관심을 얻지 못할 때 상대로부터 거부당했다는 느낌 때문에 마음이 상하기 쉬운 것처럼, 남자들은 여자가 어려운 문제를 이야기해 올 때 자기가 그녀를 실망시키게 될 것 같은 느낌 때문에 노심초사한다.

때로 상대의 이야기를 들어주는 일이 그에게 그토록 어려운 것은 바로 그 때문이다. 그는 그녀의 영웅이 되고 싶어한다. 그녀가 어떤 일에 대해 실망하거나 불행을 느끼면 그는 스스로 실패자라고 여긴다. 여자의 불행은 그의 가슴속 깊숙이 자리잡고 있는 두려움, 자기가 별로 좋은 사람이 못 되어 그럴 거라는 은밀한 두려움을 기정사실화하는 것이다.

오늘날에도 여자들은 남자가 얼마나 상처받기 쉬운 존재이며, 얼마나 사랑이 필요한 존재인지를 깨닫지 못하는 경우가 많다. 사랑은 자신으로 하여금 다른 사람들을 만족시켜 줄 능력이 있음을 깨닫게 만든다.

어머니에게 충족감을 안겨주고 바람직한 관계를 이끌어 가던 아버지의 모습을 보고 자란 소년은 성인이 되었을 때 상대 여성을 능히 만족시킬 수 있다는 자신감으로 이성 관계를 열어 나간다. 자기가 잘 해낼 수 있음을 알기 때문에 그는 쓸데없이 주저하거나 눈치를 보지 않는다. 설령 잘 해내지 못한다고 해도 능력이 없어서 그런 것은 아니며, 최선을 다했다는 것만으로도 충분히 사랑과 감사를 받을 만하다고 느낀다. 자기가 비록 완벽하지는 못하지만 항상 최선을 다하고 있고, 결과가 어떻든 간에 그것은 칭찬받을 만한 일임을 알기에 그는 자책감에 빠지지 않는다. 그는 자신의 실수에 대해 용서를 구할 수도 있는데, 그것은 자기가 최선을 다했다는 것을 상대로부터 인정받을 수 있고 사랑과 용서를 기대할 수 있기 때문에 가능한 것이다.

대부분의 남자들은 성장기 동안 바람직한 역할의 본보기들을 만나지 못한다. 그들에게 있어 사랑을 하고 결혼을 해서 가정을 갖는다는 것은 아무런 훈련을 받지 않고 점보 여객기를 조종하는 것만큼이나 까마득하게 여겨진다. 어찌어찌하여 제대로 이륙했다고 해도 얼마 안 가서 추락하게 될지도 모른다. 그리고 몇 번씩 추락했던 비행기로 계속 비행을 시도하기는 어렵다. 아버지가 조종하던 비행기가 불시착한 것을 보았다면 더욱 자신감을 잃을 것이다.

둘 사이의 서로 다른 언어

화성인과 금성인이 처음 만났을 때 그들은 오늘날 우리가 갖고 있는 관계의 애로점들
에 맞닥뜨리게 되었다. 그들은 서로가 너무나 다른 존재임을 인식하고 있었기에, 이 문
제들을 잘 풀어나갈 수 있었다.

역설적으로 들리겠지만 그들이 의사 소통을 잘 할 수 있었던 것은 서로
다른 언어를 사용했기 때문이다. 두 사람 사이에 무슨 문제가 생기면 그들
은 즉시 통역관을 찾아가 도움을 구했다.

화성에서 온 사람과 금성에서 온 사람이 서로 다른 언어를 사용한다는 사
실을 모르는 사람은 없었기에 일단 그들 사이에 갈등이 생기면 섣불리 싸움을
걸거나 상대방을 비난하는 대신, 우선 각자 행성의 관용어 사전을 펼쳐 놓고
서로를 보다 깊이 이해해 보려는 노력을 했다. 그래도 잘 안 되면 그때 통역관
을 찾아간다.

알다시피 금성에서 사용하는 언어와 화성에서 사용하는 언어에는 꼭 같
은 어휘들이 존재하는데, 문제는 그 어휘들이 서로 다른 의미로 사용된다는
데 있다. 형식상의 표현은 거의 비슷하지만 말의 속뜻이나 감정적으로 강세를
두는 부분이 서로 달라 자칫 오해가 생기기 쉬웠다. 그래서 의사 전달에 문제
가 발생하면 그들은 이것이 예의 그 차이에서 비롯되는 오해일 뿐이라고 여기
고, 약간의 도움을 받아 서로를 충분히 이해하곤 했다.

감정 표현 VS 사실 전달

현재의 우리에게도 통역관이 필요하다. 남녀가 똑같은 어휘를 사용해도 그 의미가 다른 경우가 허다하기 때문이다.

여자가 "당신은 내 말에 '전혀' 귀를 기울이지 않는군요"라고 말할 때 그녀는 '전혀'라는 낱말이 문자 그대로 받아들여지리라고는 기대하지 않는다. '전혀'라는 말은 다만 그 순간 자기가 느낀 좌절감의 정도를 표현하는 하나의 수단일 뿐이다.

자기 감정을 충분히 전달하기 위해 여자들은 마치 저마다 시인이 된 듯 각양각색의 과장과 은유, 막연한 표현 등을 총동원해 사용한다. 그리고 남자들은 어리석게도 이런 표현들을 곧이곧대로 받아들인다.

여자의 말을 '곧이곧대로' 해석한다는 것이 사실과 정보를 전하는 수단으로써만 언어를 사용해 온 남자들에게 얼마나 쉽게 오해를 불러일으킬 수 있는지 알 수 있을 것이다. 그리고 남자들의 그같은 반응이 곧 서로간의 논쟁을 야기시킬 것이라는 예측도 가능할 것이다.

관계 속에서 가장 문제가 되는 것은 애매모호하고 애정 없는 대화이다. 여자들이 갖고 있는 불만 가운데 가장 대표적인 것은 "내 말에 귀를 기울이지 않는 것 같아요"와 같은 말이다. 그런데 바로 이 불만조차 잘못 이해되고, 그릇되게 해석되고 있지 않은가!

남자는 "내 말을 듣지 않는 것 같다"는 그녀의 말을 곧이곧대로 해석하고는 이의를 제기하고 나선다. 그는 만일에 자기가 방금 들은 말을 그대로 되풀이할 수 있다면 그것은 그녀의 말을 들었다는 증거라고 생각한다. "내 얘기를 듣는 것 같지 않다"라는 그녀의 말을 제대로 해석하면 다음과 같다.

"내가 하려는 말이 무엇인지 당신은 충분히 이해하지 못하는 것 같아요. 당신은 내 기분 따위에는 관심도 없는 사람 같아요. 내가 하는 말에 당신이 흥미를 갖고 있다는 것을 보여 줘요."

대다수의 남자들은 감정을 표현하는 여자들의 방식이 자기들과 다르다는 것을 이해하지 못하기 때문에 상대의 감정을 자기 잣대로 판단해 쓸데없는 것으로 무시해 버린다. 이것이 논쟁에 불을 당긴다. 그 옛날의 화성인들은 말뜻의 정확한 이해를 통해 숱한 논쟁을 피할 수 있었다. 이야기를 듣다가 거부감이 느껴지면 그들은 금성과 화성의 언어사전을 펼쳐 놓고 서로간의 오해를 줄이려고 노력한 것이다.

오해를 불러일으키기 쉬운 흔한 불평들

여자들은 이렇게 말한다

- 모두들 나를 무시해요.

- 나는 너무 피곤해서 아무것도 못하겠어요.

- 모든 것을 다 잊고 싶어요.

- 이제 아무도 내 말에 귀기울여 주지 않아요.

- 제대로 되는 일이 없어요.

- 당신은 이제 더 이상 나를 사랑하지 않잖아요.

- 나는 좀더 로맨틱한 기분을 느껴보고 싶어요.

남자들은 이렇게 응수한다

- 안 그런 사람도 있어요.

- 어리석은 소리 말아요. 당신은 그렇게 무기력하지 않아요.

- 당신 일이 마음에 안 들면 그만두면 되잖소.

- 지금 내가 당신 이야기를 듣고 있잖소.

- 그게 내 잘못이라는 거요?

- 당신을 사랑하니까 내가 여기 있는 거지.

- 그럼 당신은 내가 로맨틱하지 못하다는 말이오?

금성과 화성의 관용어 사전

몇 년간 아래와 같은 관용어 사전을 곁에 두고 사용하다 보니 이제 남자는 상대방이 자기를 비난하거나 탓하는 것 같은 느낌이 들 때마다 사전을 펼쳐 보아야 할 필요를 느끼지 않게 되었다.

그는 여자들이 어떤 식으로 생각하고 느끼는지를 점차 이해하게 되었다. 그리고 다소 연극대사처럼 들리는 그녀의 말을 곧이곧대로 받아들여서는 안 된다는 것을 알게 되었다. 그것은 단지 여자들이 자기 감정을 충분히 전달하기 위해 흔히 사용하는 방법일 뿐이다. 그것이 금성에서의 표현 방법이라는 것을 화성인들은 기억해 둘 필요가 있었다!

"너무 피곤해서 아무것도 못하겠어요"를 화성인의 언어로 고치면 이렇게 된다. "오늘은 얼마나 일이 많았는지 몰라요. 조금 쉬고 나서야 무엇이든 할 수 있을 것 같아요. 당신의 도움을 받을 수 있다니 나는 참 운이 좋은가 봐요. 당신 나를 한번 안아줄래요? 그리고 내가 잘해 나가고 있고, 나에겐 휴식을 취할 만한 자격이 있다고 말해 주지 않겠어요?"

이러한 해석이 없이는 "너무 피곤해서 아무것도 못하겠어요"라는 여자의 말을 남자들은 이렇게 알아들을 지도 모른다. "일은 모조리 내가 하고 당신은 판판이 놀고 있어요. 당신은 집안일을 좀더 거들어야 해요. 모든 일을 나 혼자 할 수는 없어요. 나는 '진짜 남자'와 결혼해 살고 싶었는데, 당신을 선택한 게 일생 일대의 실수였어요."

"이제 아무도 내 말에 귀기울여 주지 않아요"를 화성인의 표현으로 고쳐보면 다음과 같다. "나는 당신이 내게 더 이상 관심을 보이지 않고 따분해할까 봐 걱정이 돼요. 오늘은 왠지 신경이 예민해지는 것 같아요. 내게 각별한 관심을 기울여주지 않겠어요? 당신이 그래 주면 난 정말 행복할 거예요. 오늘은 힘겨운 하루였어요. 아무도 내 말을 듣고 싶어하지 않는 것 같았어요. 내 얘기에 귀기울여 주고 친절하게 이렇게 물어봐 줄래요? '오늘 무슨 일이 있었소? 그리고 또 다른 일은? 당신 기분은 어땠소? 당신은 어떻게 하면 좋겠다고 생각하오? 그 일에 대해 당신 느낌은 어때요?' 또 나를 염려해 주고 내 마음을 알아주고 내게 힘을 주는 이런 말을 들려주세요. '내게 좀더 말해 줘요', '당신 말이 옳아요', '당신이 하려는 말의 의미를 알고 있소', '나는 이해해요.' 그렇지 않으면 그냥 내 이야기를 들어주면서 '오', '음', '아하', '흐음' 하고 때로 맞장구를 쳐주든지요." (금성에 오기 전까지 화성인들은 한 번도 그런 소리를 들어본 적이 없었다.)

이런 해석이 없다면 "아무도 내 말에 귀기울여 주지 않아요"라는 여자의 말을 남자들은 이런 식으로 받아들인다. "나는 당신에게 정성을 쏟는데 당신은 내 말을 듣지 않아요. 당신은 언제나 그래요. 당신과 함께 있는 것이 점점 더 따분하게 느껴져요. 나는 좀 재미있고 활기찬 사람을 원하는데, 당신은 그런 사람과는 거리가 멀어서 무척 실망스러워요. 당신은 이기적이고 무관심하고 형편없어요."

　"제대로 되는 일이 없어요"라는 말을 화성인의 언어로 해석하면 이렇다. "오늘은 정말 기분이 언짢아요. 당신이 내 감정을 이해해 준다면 너무나 고맙겠어요. 당신과 이야기를 하고 나면 기분이 한결 가벼워지거든요. 오늘은 제대로 되는 일이 하나도 없는 것 같아요. 물론 다 그렇지는 않다는 것을 나도 알지만 기분이 언짢아서 그런 생각이 들어요. 당신이 나를 한 번 안아주고 내가 훌륭하게 잘 해내고 있다고 말해준다면 기분이 좋아질 것 같은데, 그래 줄래요?"

　이런 해석이 없다면 "제대로 되는 일이 없어요"라는 여자의 말을 남자들은 다음과 같이 받아들일 수 있다. "당신은 뭐 하나 제대로 하는 게 없군요. 도대체 당신을 믿을 수가 없어요. 당신 말대로 하지 않았다면 내가 이 지경이 되지는 않았을 거예요. 다른 남자라면 일을 멋지게 처리했을 텐데 당신은 오히려 일을 망쳐 놓잖아요."

여자는 남자의 침묵에
어떤 반응을 보이는가

여자들은 남자의 침묵을 잘못 해석한다.

그날 자신의 기분이 어떠냐에 따라서 '그는 이제 나를 사랑하지 않아. 어쩌면 영원히 내 곁을 떠나 버릴지도 모르지'라고 아주 최악의 상상을 하기도 한다. 이런 상상은 '만일 그에게서 버림받으면 그때는 누구에게도 결코 사랑받지 못할 거야. 나는 사랑받을 만한 자격이 없어'라는 두려움을 불러일으킨다.

남자가 말을 안 하면 여자는 최악의 상상을 하기 쉽다. 그 이유는 여자들이 말을 하지 않는 경우는 자기가 하려던 말이 상대방에게 상처를 줄 우려가 있다거나, 아니면 상대를 믿지 않거나, 어울리고 싶지 않아서이기 때문이다. 그러므로 남자가 갑자기 입을 다물어 버리면 여자로선 불안한 마음이 드는 게 당연하지 않은가!

여자가 다른 여자의 말을 들어 줄 때 그녀는 자기가 관심을 갖고 열심히 듣고 있다는 것을 상대에게 끊임없이 확인시켜 준다. 말하는 사람이 중간에 잠깐 말을 멈출 때면 "오, 어허, 흠, 아, 아하, 음"이라고 맞장구를 치면서 말이다. 이러한 반응이 일체 없는 남자의 침묵은 매우 위협적인 것으로 느껴질 수 있다. 하지만 남자의 동굴을 이해하면 그의 침묵을 제대로 해석하고 그에 적절히 대응할 수 있게 된다.

화성인들이 말을 하지 않을 때

남자들이 갑자기 입을 다물고 말을 하지 않을 때가 있다.

이것은 금성에서는 전혀 없었던 일이다. 처음에 여자는 그가 갑자기 귀머거리가 된 게 아닐까 생각한다. 그가 아무런 반응을 보이지 않는 것은 아마도 자기 말을 못 들었기 때문일 거라고 생각한다.

남자와 여자는 정보를 숙고하고 처리하는 방식이 매우 다르다. 여자들은 생각을 입 밖에 내어 크게 말함으로써, 들어주고 있는 사람에게 사고의 흐름을 그대로 드러낸다. 그러나 남자들의 경우는 다르다. 그들은 우선 자기가 듣거나 경험한 것에 대해 조용히 생각하고 이리저리 궁리해 본다. 가장 적절하고 도움이 되는 반응을 머리 속으로 가만히 헤아려 보는 것이다. 그들은 우선 명확하게 모양을 잡고 나서 그 다음에 이야기를 꺼낸다. 이 과정은 몇 분 또는 몇 시간씩 걸리기도 하며, 어떤 대답을 해야 할지 도무지 알 수 없는 경우에는 아예 무반응을 한다. 이것이 여자들을 몹시 당황스럽게 한다.

여자는 남자가 말을 안 할 때 그것을 "아직 무슨 말을 해야 할지 모르겠소. 지금 생각하고 있는 중이오"라고 말하는 것임을 이해할 필요가 있다. 그러나 여자들은 대체로 그 침묵을 이렇게 받아들인다. "당신이 하는 얘기에 관심도 없고 알고 싶지도 않아요. 나한테 별로 중요하지도 않은 얘기에 굳이 대꾸할 필요는 없잖소."

동굴 속 이해하기

서로의 관계가 진정 만족스러운 것이 되기 위해서는 여자가 남자에 대해 알아두어야 할 점이 많다.

남자들은 기분이 좋지 않거나 스트레스를 받으면 말을 하지 않게 되고, 자기 '동굴' 속으로 들어가 문제를 해결하려는 경향이 있다. 이때 그 동굴에는 가장 친한 친구들조차 들여놓지 않는다. 이것이 화성인의 방식이다. 따라서 여자들은 그가 이런 태도를 취한다고 해서 자기가 혹시 무슨 엄청난 잘못을 저지른 게 아닌가 하고 겁먹을 필요가 없다. 그저 가만히 내버려두면 얼마 있다가 스스로 동굴에서 나올 것이고, 모든 것이 다 괜찮아진다는 것을 그들은 점차 깨닫게 될 것이다.

금성에서는 친구가 우울해 있을 때 절대로 모른 체 내버려두지 않는다는 황금률이 있었기에, 여자들이 이 교훈대로 행동하기란 그리 쉬운 일이 아니다. 자기가 좋아하는 화성인이 지금 기분이 몹시 언짢은데 그를 그냥 내버려둔다는 것은 애정 어린 행동이 아니라는 생각이 드는 것이다. 그를 좋아하기 때문에 그녀는 동굴로 따라 들어가 뭐든 그에게 도움을 주고 싶어한다.

더욱이 그녀는 이것저것 자상하게 물어 그의 기분을 살펴주고 열심히 이야기를 들어주면 그의 기분이 한결 좋아질 거라는 착각을 한다. 그러나 그같은 행동은 그를 더욱 짜증나게 할뿐이다. 그녀는 자기도 모르게 자꾸만 자기

식대로 그를 도우려고 하는데, 그 의도가 아무리 좋아도 이런 방식은 역효과를 초래할 뿐이다.

남자들이 동굴에 들어가 입을 다물어 버리는 데는 여러 가지 이유가 있다.

- 어려운 문제에 대해 깊이 생각해 보고 구체적인 해결책을 모색하고자 할 때 그렇다.

- 어떤 질문이나 문제에 대한 해결책을 모를 때 그렇다. 남자들은 결코 이런 말을 하지 못한다. "아이고, 해결 방안이 도무지 떠오르지 않네. 동굴 속에 들어가서 궁리를 해 봐야겠는걸." 남자끼리라면 굳이 설명하지 않아도 그가 무엇을 하고 있는지 알 수가 있다.

- 기분이 언짢거나 스트레스를 받았을 때 그렇다. 이런 경우에 그는 혼자서 조용히 머리를 식히고 마음의 평정을 되찾기 위한 시간을 갖는다. 나중에 후회할 말이나 행동을 하게 되는 것을 그는 원치 않는다.

- 자기 자신을 돌이켜볼 필요를 느낄 때 그렇다. 그가 사랑에 빠져 있을 때는 이 네 번째 이유가 특히 중요해진다. 사랑을 하게 되면 때때로 그들은 자기 자신을 잊어버리고, 또 잃어 가기 시작한다. 그들은 지나친 친밀감이 자기 능력을 빼앗아 간다고 느낀다. 자기 자신을 잃어버릴 만큼 사랑하는 사람과 가까워질 때 경종이 울리고, 그러면 그들은 혼자서 동굴을 찾는다.

여자들이 이야기를 하는 이유

여자들이 이야기를 하는 데는 여러 이유가 있다.

때로 그 이유라는 것이 남자들이 말을 하지 않는 이유와 완전히 일치하기도 한다. 일반적으로 여자들이 이야기를 하게 되는 이유는 다음과 같다.

- 정보를 전하고 얻기 위해서 이야기를 한다(대체로 남자들이 이야기를 하게 되는 유일한 이유이다).

- 자기가 하려는 말이 무엇인지 생각하고 알아내기 위해 이야기를 한다(남자는 자기가 하고자 하는 말을 머리 속으로 생각하지만 여자는 생각하고 있는 것을 크게 소리내어 말한다).

- 기분이 언짢거나 우울할 때 그 기분을 풀어 버리려고 이야기를 한다(남자는 기분이 상해 있으면 말을 하지 않는다. 대신에 동굴 안에서 차분히 생각해 볼 기회를 갖는다).

- 친밀감을 만들기 위해 자신의 속마음을 함께 나눔으로써 그녀는 자기가 사랑이 깊은 사람임을 알 수 있게 된다(자기 자신을 되찾기 위해 남자들은 말을 하지 않

는다. 그는 지나친 친밀감으로 자기 자신을 잃게 될 것을 두려워한다).

남녀의 차이와 욕구에 대한 이해가 뒷받침되지 않고서는 관계 속에서 자꾸만 갈등이 빚어지는 이유를 알 수 없다.

LOVE LESSON 32

용이 뿜어내는 불에 데지 말라

남자가 스스로 이야기할 준비가 되기 전에는 자꾸 말을 시키려고 애쓰지 않는 게 중요하다.

이 주제를 놓고 세미나에서 토론을 벌이는데 한 아메리카 인디언이 자기 부족 이야기를 들려준 적이 있다. 그녀의 말에 따르면 자기네 부족에서는 어머니가 곧 시집 갈 딸에게, 남자들은 기분이 나쁘거나 스트레스를 받으면 동굴에 들어간다는 사실을 명심하도록 가르친다는 것이다. 그런 일은 이따금씩 있는 일이므로 공연히 예민하게 받아들일 필요가 없는데 이는 남자가 그녀를 사랑하지 않아서 그러는 것이 아니며, 그는 곧 동굴에서 나오기 때문이다.

그러나 어머니들이 가장 힘주어 강조하는 것은 절대 동굴로 따라 들어가서는 안 된다는 것이었다. 만일 그러면 동굴을 지키고 있던 용이 불을 내뿜어 타 죽게 될 것이라고 했다.

동굴에 들어가는 남자를 굳이 따라 들어가려는 여자 때문에 불필요한 마찰이 일어나게 되는 경우가 많다. 남자가 상심해 있을 때면 조용히 혼자 있는 시간이 필요하다는 것을 여자들은 이해하지 못한다. 남자들이 도대체 왜 입을 다물고 있는지 이유를 알 수가 없어 여자들은 자꾸만 말을 시키려고 애쓴다. 만일 그에게 문제가 있다면 그녀는 동굴 밖으로 그를 나오게 해서 그 문제에 대해 이야기하게 함으로써 도움을 주려고 한다.

그녀가 묻는다. "무슨 일이 있어요?" 그가 말한다. "아니." 하지만 그가 기분이 좋지 않다는 것을 그녀는 느낌으로 알 수 있다. 그녀는 그가 왜 자기 감정을 드러내지 않으려 하는지 의아해 한다. 그래서 동굴 안의 그를 내버려 두지 못하고 자기도 모르게 자꾸만 방해하게 된다. 그녀는 또 묻는다.

"무슨 골치 아픈 일이 생겼죠? 그게 뭐예요?"

"아무 것도 아니오."

"아무 것도 아니긴 뭐가 아니에요. 분명히 무슨 문제가 있는 것 같은데, 당신 기분이 왜 그래요?"

"이봐요. 난 아무렇지도 않다니까. 자, 이제 나를 혼자 좀 있게 내버려둬요!"

"당신, 어떻게 나한테 이럴 수가 있어요? 말도 하고 싶지 않다 이거예요? 당신이 말을 안 하는데, 당신 기분이 어떤지 내가 어떻게 알아요? 당신은 나를 사랑하지 않는 거예요. 나는 당신한테 버림받은 기분이라구요."

여기까지 오면 그는 자제력을 잃고 나중에 후회할 말을 하게 된다. 그의 용이 나와 그녀에게 불길을 뿜어대는 것이다.

화성인이 말을 할때

여자가 용의 불에 데는 것은 비단 그녀가 부지중에 남자의 성찰의 시간을 침해할 때뿐
만 아니라, 지금 자기는 동굴에 있다거나 동굴에 들어가는 중이라는 경고의 표현을 그
녀가 잘못 해석하는 경우에도 일어난다.

"무슨 일이 있어요?"라고 물으면 화성인은 고작해야 "아무 것도 아니오"라거
나, "나는 괜찮아요"라고 짧게 대답할 것이다.

이 간략한 신호는 그가 자기 감정을 혼자 처리하도록 여지를 마련해 주어
야 한다는 것을 금성인들이 알아챌 수 있는 유일한 단서가 된다. "나는 지금
기분이 언짢아서 혼자 있는 시간이 필요하오"라고 말하는 대신 화성인들은 그
냥 입을 다물어 버린다.

84쪽의 비교표에는 여섯 개의 단축된 경고 표현과 아울러 그 각각의 표시
에 여자들이 어떤 식으로 반응하는지를 예시해 놓았다.

"무슨 일이 있어요?"라고 물으면 화성인은 고작해야 "아무 것도 아니오."라거나, "나는 괜찮아요."라고 짧게 대답할 것이다.

이 간략한 신호는 그가 자기 감정을 혼자 처리하도록 여겨지름 마련해 주어야 한다는 것을 금성인들이 알아챌 수 있는 유일한 단서가 된다. "나는 지금 기분이 언짢아서 혼자 있는 시간이 필요하오."라고 말하는 대신 화성인들은 그냥 입을 다물어 버린다.

"무슨 일이 있어요?"라고 여자가 묻은 경우

남자의 말	여자의 반응
• 난 괜찮소.	• 분명히 뭐가 잘못된 것 같은데 뭐예요?
• 나는 아무렇지도 않아요.	• 뭔가 혼란스러워하는 것 같은데, 말 좀 해요.
• 아무 일도 아니오.	• 당신을 돕고 싶어요. 당신을 괴롭히는 일이 뭔지 얘기해 주세요.
• 괜찮으니 신경쓰지 말아요.	• 정말이에요? 내가 당신을 도울 수 있다면 좋을 텐데요.
• 대수롭지 않은 일이오.	• 당신, 뭔가 골치를 썩이고 있어요. 우리는 얘기해야만 해요.
• 별 문제 아니오.	• 그렇지만 분명히 문제예요. 난 당신을 도울 수 있다구요.

위와 같은 말을 할 때 남자들은 대개 상대방이 그저 잠자코 받아들여 주거나 수긍해 주기만을 원한다. 이런 경우에 오해를 피하고 쓸데없이 전전긍긍하지 않으려면 금성인들은 화성과 금성의 관용어 사전을 참조할 필요가 있다.

"난 괜찮소"라는 남자의 말에는 다음과 같은 의미가 축약되어 있음을 알아야 한다. "괜찮아요. 이 일은 나 혼자서도 처리할 수 있어요. 도움은 일체 필요 없소. 걱정하지 않는 것이 나를 도와주는 일이오. 나 혼자 얼마든지 해결할 수 있을 거라고 믿어 줘요."

이러한 해석이 없다면 남자가 언짢은 기분으로 "난 괜찮소"라고 말할 때, 그 말이 마치 자신의 우울한 기분과 곤란한 문제들을 완전히 부인하는 것으로 들릴 수도 있다. 그러면 여자는 그에게 이것저것 물어 보거나 그 문제에 대한 자기 생각을 이야기해서 어떻게든 그를 도우려고 한다. 그녀는 그가 축약어를 사용하고 있다는 것을 알지 못하기 때문이다.

다음은 화성의 관용어 사전에서 발췌한 내용이다.

"난 괜찮아요"를 금성인의 표현으로 바꾸면 이렇다. "난 괜찮아요. 곧 아무렇지도 않게 될 테니 걱정 말아요. 고맙지만 도움은 필요 없어요."

이러한 해석이 없다면 금성인은 그의 말을 이렇게 받아들일지도 모른다. "기분이 언짢기는커녕 나는 그 일에 관심조차 없소." 혹은 "내 기분을 당신한 테 털어놓고 싶은 마음이 별로 없소. 그래 봐야 당신이 도움이 되어 줄 것 같 지도 않고."

"아무 일도 아니오"를 금성인의 표현 방법으로 고치면 이렇게 된다. "혼자 처리할 수 없는 골치 아픈 문제 따위는 없어요. 그러니 이제 더 이상 나에게 그렇게 묻지 말아 주길 바라오."

이러한 해석이 없다면 "골치 아픈 문제는 아무 것도 없소"라는 그의 말을 금성인은 이렇게 받아들일지도 모른다. "도대체 뭐가 골치 아픈 문제란 말이 오? 나는 모르겠으니 무슨 일이 있는지 당신이 내게 좀 알려 줘 봐요." 이 시 점에 이르러서 남자는 정말로 혼자 있고 싶은데, 그녀는 자꾸만 질문을 퍼부어 슬슬 그의 화를 돋운다.

"괜찮아요. 그럴 수도 있는 일이지"라는 말을 금성인의 표현으로 바꾸면 이렇게 된다. "문제가 생기기는 했지만 당신 탓은 아니오. 당신이 자꾸 질문을 하고 말을 걸어서 나를 방해하지 않는다면 나 스스로 해결할 수 있어요. 그냥 아무 일도 없었던 것처럼 행동하는 것이 나를 도와주는 길이오."

이같은 해석이 없다면 "괜찮아요. 그럴 수도 있지"라는 남자의 말은 그녀에게 이렇게 받아들여질지도 모른다. 혹은 "이번에는 어쩔 수 없다고 해도 당신한테 잘못이 있다는 것은 알아 둬요. 한 번이니까 그냥 넘어가지만 다시는 그러지 말아요."

"별 문제 아니오"를 금성인의 표현방법으로 바꾸면 이렇게 된다. "이 정도 일을 해결하는 건 나 혼자서도 얼마든지 할 수 있어요. 당신을 위한 일인데 기쁜 마음으로 하지."

이같은 해석이 없다면 "별 문제 아니오"라는 남자의 말을 그녀는 이렇게 받아들일 수가 있다. "이건 문제랄 것도 없는데 당신이 공연히 문제를 삼아 도움을 요구하고 있는 거요." 그러면 여자는 왜 그것이 문제인지에 대해 그에게 설명하려고 애쓰는 실수를 범한다.

그가 동굴로 들어갈 때는 어떻게 할 것인가

내가 세미나에서 남자들의 동굴과 용에 관한 이야기를 하자, 여자들은 어떻게 하면 그들이 동굴 안에 있는 시간을 좀더 줄일 수 있는지 알고 싶어했다.

그래서 남자들에게 물어보니 그들의 대답인즉, 여자가 억지로 동굴에서 끌어내려 한다거나 말을 시키면 시킬수록 동굴 안에서의 시간은 점점 더 길어진다고 했다.

또 그들은 이렇게 말했다. "내가 동굴에서 보내는 시간을 그녀가 불만스러워하는 것 같은 느낌이 들면 동굴에서 나오기가 힘듭니다." 동굴로 들어가는 것이 잘못된 행동인 것같이 느껴지도록 눈치를 주면 그는 동굴 밖으로 나오고 싶은 마음이 들다가도 등을 떼밀려 도로 들어가 버리게 되는 것이다.

남자가 동굴로 들어갈 때는 대개 마음이 상했거나 정신적으로 과도한 긴장을 느껴 혼자서 조용히 해결하고자 할 때이다. 그럴 때 여자가 자기 방식으로 도움을 주려고 하면 의도했던 것과는 반대되는 결과를 초래할 수 있다.

동굴로 들어간 남자에게 도움을 주는 데는 기본적으로 여섯 가지 방안이 있다(이같은 방안들은 그가 혼자 있고 싶어하는 시간을 줄이는 데 도움이 될 것이다).

- 조용히 있고 싶어하는 그의 욕구를 나무라지 말고 인정할 것.
- 해결책을 제시함으로써 그가 문제를 해결하는 것을 도우려고 애쓰지 말 것.
- 기분이 어떠냐고 물어 봄으로써 애써 그를 보살피려고 노력하지 말 것.
- 동굴 문 앞에 지키고 앉아 그가 나오기만을 기다리지 말 것.
- 그를 염려하거나 딱하게 여기지 말 것.
- 당신이 즐겁게 할 수 있는 일을 찾아서 할 것.

만약에 이야기할 필요를 느끼면 그가 나중에 동굴에서 나온 후에 읽어 볼 수 있도록 편지를 써라. 그리고 누군가에게 위로받고 싶거든 친구에게 말해 보라. 오직 그만이 당신을 만족시킬 수 있는 원천이라고 생각하지 마라.

얄궂게도 남자들은 염려하지 않는 것으로 사랑을 표현한다. 그들은 이렇게 말한다. "당신이 신뢰하고 찬탄해 마지않는 사람에 대해 어떻게 염려를 할 수 있겠습니까?" 그들은 보통 이런 말로 서로를 격려한다. "걱정하지 말게. 자네는 해낼 수 있을 거야", "그건 그들 문제이지 자네 문제가 아니잖아. 신경쓰지 말라구", "틀림없이 잘 될거야." 남자들은 가능하면 상대의 걱정거리를 작게 평가하고 염려를 삼가는 것으로 그의 기운을 북돋워준다.

나는 아내가 기분이 언짢을 때 진정으로 내가 염려해 주기를 바란다는 것을 몇 년이 걸려서야 비로소 이해할 수 있었다. 남녀의 욕구가 서로 다르다는 사실을 깨닫지 못했던 나는 남자들을 대할 때 하듯이 그녀의 걱정거리를 작게 평가하곤 했고, 이러한 태도는 그녀의 기분을 더욱 엉망으로 만들 뿐이었다.

남자는 해결해야 할 문제를 가지고 동굴로 들어가는데, 이때 그의 연인이 그만을 바라보고 있지 않고 나름대로 즐거운 시간을 보내고 있을 때 그로서는 한결 부담이 줄어든다. 그녀가 관심을 가질 수 있는 일이라면 어느 것이나 그에게 도움이 될 것이다.

♥ 독서

♥ 기도나 명상하기

♥ 정원 손질하기

♥ 음악 감상

♥ 맛있는 음식 먹기

♥ 글쓰기

♥ 운동

♥ 텔레비전을 보거나 라디오 듣기

♥ 쇼핑하기

♥ 마사지 받기

♥ 산책

♥ 자기 수양에 관한 테이프 듣기

♥ 친구에게 전화하여 유쾌한 대화나누기

♥ 거품목욕

화성인에게 어떻게 격려의 뜻을 전할까

동굴 밖에 나와 있을 때도 남자들은 신뢰받기를 원한다.

청하지도 않은 조언이나 동정은 조금도 반갑지 않다. 그들은 자기 자신을 입증해 보이고 싶어한다. 다른 사람의 도움 없이 무언가를 성취해 냈다는 것이 그들에게는 대단한 자랑거리이다(그러나 여자는 서로 기꺼이 도움을 주고받는 인간 관계를 자랑으로 여긴다). 그러므로 남자들은 그가 직접 도움을 요청하지 않는 한 그 일을 해낼 수 있을 거라고 믿어주는 상대방에게서 힘을 얻는다.

청하지 않은 충고와 비판을 남자들이 그토록 싫어한다면 그들이 원하고 필요로 하는 것을 어떻게 얻어낼 수 있는 것인지, 이에 대해 대다수의 여자들은 무력감을 느낄 것이다. 관계 속에서 좌절감을 맛본 낸시는 이렇게 말했다.

"저는 남자한테 어떤 식으로 비판이나 충고를 해주어야 하는지 아직도 잘 모르겠어요. 그의 식탁 예절이 엉망이라거나 옷을 정말 지독하게 못 입을 때는 어떻게 해야 하나요? 사람은 나쁘지 않은데 남들과의 관계에서 꼭 얼간이처럼 행동하여 말썽이 생길 때는 어떻게 해야 하죠? 그런 경우 저는 어떻게 해야 하나요? 제가 아무리 잘 얘기를 해도, 그는 화를 내거나 기분 나빠하지 않으면 들은 체도 하지 않을 거예요."

그가 먼저 청하지 않는 한 어떤 경우에도 충고와 비판은 금물이다. 그 대신 사랑으로 그가 인정하도록 노력해야 한다. 그에게 필요한 것은 훈계가 아니다. 그녀가 자기를 인정하고 있다는 느낌이 들어야 그녀의 생각이 어떤지 물어볼 마음이 생기기 시작한다. 그러나 만약 그녀가 자기에게 변화를 요구하는 것 같다는 생각이 들면 그는 절대로 조언이나 제안을 구하지 않을 것이다. 특히 아주 가까운 사이에도 그들은 상대에 대해 완전한 신뢰가 있어야 비로소 마음을 열고 도움을 구할 수 있다.

- 옷을 입는 방법에 대해 강의를 하지 않고도 그녀는 그가 옷을 입는 방식이 마음에 들지 않는다고 이야기할 수 있다. 그가 옷을 입으려고 할 때 지나가는 말처럼 이렇게 말해 보라. "그 셔츠를 입으면 별로 좋아 보이지 않아요. 오늘 밤엔 다른 걸 입는 게 어때요?" 만일 그가 그 말에 화를 내면 그의 기분을 존중해 주고 사과를 하는 것이 좋다. "미안해요. 당신한테 옷 입는 방법을 훈계하려던 것은 아니었어요"라고 말하면 된다.

- 그가 그 정도로 예민하다면―그런 남자도 더러 있다―다른 기회에 슬쩍 그 얘기를 끄집어내 보라. "당신이 초록색 바지에 그 푸른색 셔츠를 받쳐 입었던 거 기억나요? 그렇게 입으니까 별로 좋아 보이지 않던 걸요. 그 셔츠에 회색 바지를 맞춰 입어 보는 게 어때요?"

- 그녀가 직접 이렇게 물어 볼 수도 있다. "당신 언제 나랑 쇼핑하러 가지 않을래요? 당신을 위해 옷을 골라 보는 일이 참 즐거울 것 같아요." 만일 그

가 싫다고 하면 그녀는 그가 어머니와 같이 보살펴 주려는 여자를 원하지
않는다는 것을 분명히 알 수 있다. 만약에 그가 좋다고 하면, 쇼핑을 할 때
지나치게 많은 조언은 삼가도록 주의하라. 그가 예민한 사람이라는 것을
잊어서는 안 된다.

• 이렇게 말할 수도 있다. "하고 싶은 말이 있는데 어떻게 해야 할지 모르겠
어요. (잠시 말을 멈춘다.) 당신 기분을 상하게 하고 싶지 않지만 꼭 하고 싶
은 얘기라서요. 당신이 내 얘기를 한번 들어보고 더 나은 방법이 있으면
귀띔해 줄래요?" 이렇게 그가 미리 마음의 준비를 할 수 있도록 도와주면
그는 나중에 이야기를 들은 후 별일이 아니었다는 것을 깨닫고 쉽게 수용
하게 될 것이다.

동굴 밖에 나와 있을 때도 남자들은 신뢰 받기를 원한다. 청하지도 않은 조언이나 동정은 조금도 반갑지 않다. 그들은 자기 자신을 입증해 보이고 싶어한다. 다른 사람의 도움 없이 무언가를 성취해 냈다는 것이 그들에게는 대단한 자랑거리이다.

남자가 도움을 필요로 하지 않을 때

여자가 자꾸만 남자를 위로하려고 하거나 그가 문제를 해결하는 것을 도와주려고 애를 쓰면 그는 숨막히는 답답함을 느끼게 될지도 모른다.

그는 그녀가 자기를 어린애로 취급하고 있거나 변화시키고 싶어한다고 생각하고, 그녀로부터 조종당하고 있는 듯한 느낌을 받게 된다.

남자는 일단 자기가 할 수 있는 데까지 모두 해놓고 나서 그 다음에야 조언이나 도움을 구하려고 한다. 만일 누군가가 그에게 너무 많은 도움을 주거나 혹은 너무 일찍 도와주려고 나서면 그는 자신감과 활력을 잃게 된다. 본능적으로 남자들은 상대 쪽에서 먼저 접근하여 청하지 않는 조언이나 도움을 제공하지 않을 때 그를 존중하게 된다. 문제를 처리할 때 남자들은 우선 스스로의 힘으로 어느 정도까지는 해내야 한다고 생각하고 있고, 그런 연후에 만일 도움이 필요하다면 그때는 자존심과 자신감을 잃지 않고도 도움을 요청한다. 그렇지 않을 때에 도움을 제공하려 하는 것을 그는 모욕으로 받아들이기가 쉽다.

추수감사절 칠면조를 식탁에서 자르고 있는데 여자 친구가 옆에서 자꾸만 이렇게 하라 저렇게 하라고 지시를 하면 그는 기분이 상한다. 여자 친구의 조언에 거부감을 느낀 그는 자기 방식대로 해야겠다고 마음먹게 된다. 반면에 여자는 남자가 옆에서 칠면조 자르는 일을 도와주면 그가 자상하고 다감하다고 느낀다.

남자는 신뢰받기를 원하지만 여자는 관심을 원한다. "자기, 무슨 일이 있었어?"라고 걱정스러운 얼굴로 남자가 물어주면, 여자는 그의 자상한 마음에 편안함을 느낀다. 그러나 여자가 걱정스러운 얼굴로 그렇게 물으면, 남자는 그녀가 자기를 신뢰하지 않는 것 같아 모욕감을 느낀다.

남자들은 공감과 동정을 잘 구별하지 못한다. 그들은 동정받는 것을 몹시 싫어한다. 여자가 "당신 마음 아프게 해서 정말 미안해요"라고 말하면 남자는 "별일도 아닌 걸 가지고 뭘" 하면서 여자의 위로를 물리친다. 반면에 여자는 그런 말을 듣는 걸 매우 좋아한다. 그녀는 그가 정말 자기에게 마음을 쓰고 있다고 느낀다. 그러므로 남자는 관심을 표현하는 방법을 배워야 하고, 여자는 신뢰를 표현하는 방법을 배워야 한다.

금성인에게 어떻게 격려의 뜻을 전할까

앞에서 말했듯이 남자가 동굴로 들어가기 전에, 즉 갑자기 입을 다물고 침묵을 지키게 되기 전에 그는 이렇게 말할 것이다.

"이 문제에 대해 생각해 볼 시간이 필요하니 이제부터 나한테 말 시키지 말아요." 자신의 말이 여자에게는 이렇게 들릴 수도 있다는 것을 그는 깨닫지 못한다. "나는 당신을 사랑하지 않아요. 당신 이야기 따위는 더 이상 듣고 싶지 않소. 나는 지금 떠나서 영영 돌아오지 않을 거요!" 이런 불필요한 오해를 줄이고 정확하게 의사를 전달하기 위해 그가 배워야 할 주문(呪文)이 있다. "나는 곧 돌아올 거요"가 바로 그것이다.

"이 문제에 대해 생각할 시간이 좀 필요하오. 곧 돌아오리다"라거나, "혼자 있을 시간이 좀 필요하오. 나는 곧 돌아올 거요"라고 말해준 뒤 행동에 들어가면 여자는 그에게 무척 고마움을 느낀다. "나는 곧 돌아올 거요"라는 간단한 말이 어떻게 그런 엄청난 상황의 차이를 가져올 수 있는지는 놀라운 일이다.

여자는 상대가 자기를 이렇게 안심시켜 준 데 대해 고마워한다. 이것이 그녀에게 얼마나 중요한지 이해한다면 그녀를 안심시키는 이 작은 배려를 잊지 않고 기억할 수 있을 것이다.

어렸을 때 아버지로부터 거절당했던 기억을 갖고 있거나 어머니가 아버지로부터 외면당하며 살아 왔다면, 그녀는 버림받는 듯한 느낌에 대해 훨씬 더 예민한 반응을 보일 것이다. 어쨌든 그녀가 확신을 필요로 하는 것은 조금도 비난받을 일이 못 된다. 마찬가지로 동굴에 들어가고자 하는 남자들의 욕구 또한 비난받아서는 안 되는 것이다.

과거에 상처받은 경험이 별로 없고, 남자들이 동굴에서 혼자만의 시간을 보내는 것을 이해하는 여자는 남자로부터 다짐받는 일에 그다지 조바심을 내지 않는다.

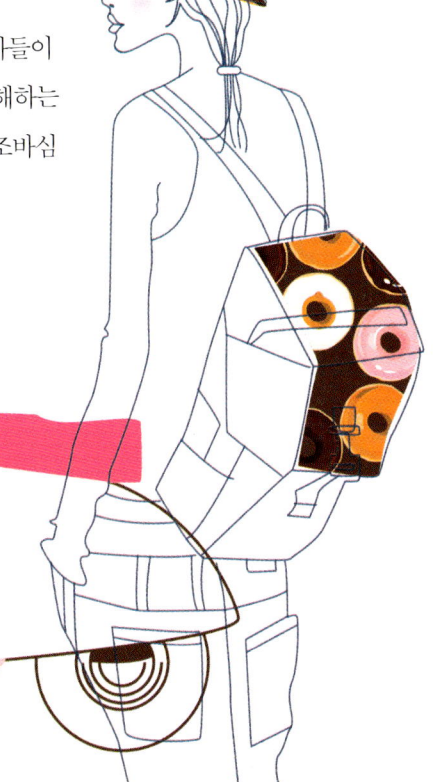

언젠가 세미나에서 내가 그런 얘기를 했더니 한 부인이 이렇게 물었다. "저는 남편이 입을 꾹 다물고 있으면 신경이 굉장히 곤두서요. 하지만 저는 어렸을 때 거부당하거나 버림받은 기억이 없고, 어머니도 아버지에게서 배신감을 느껴 본 적이 없으셨어요. 심지어 두 분은 이혼할 때조차 서로 다정하게 하셨죠."

그러더니 그녀는 갑자기 웃음을 터뜨렸다. 자기가 얼마나 바보였는지를 문득 깨달은 것이다. 그녀는 울기 시작했다. 그녀의 어머니는 당연히 버림받은 느낌으로 괴로워했을 테고 그건 자기도 마찬가지였던 것이다. 부모님은 결국 이혼하지 않았던가! 부모님이 그랬듯이 그녀도 그 고통을 한사코 인정하지 않으려 했던 것뿐이다.

비난하지 않고 의사 전달하기

여자가 기분이 몹시 언짢아 보이거나 속상한 문제를 이야기해 올 때 남자들은 보통 그녀가 자기를 공격하고 있고 비난하고 있다는 느낌을 받게 된다.

남녀가 서로 다른 존재라는 인식이 부족한 그로서는 그녀가 단지 자기 감정을 모두 털어놓고 싶어서 그러는 것임을 쉽게 이해하지 못한다. 그는 그녀가 자기한테 그런 말을 하는 것은 자기에게 책임이 있고, 비난받아 마땅하다는 생각을 갖고 있기 때문이라고 오해를 하게 된다. 그녀가 불평을 하면 그는 그것을 자기에 대한 불만으로 받아들인다. 그녀가 자기 감정을 이야기할 때 그로 하여금 비난받고 있다는 느낌을 받지 않도록 하려면, 말을 얼마쯤 하다가 잠시 멈추고 그가 이야기를 들어주고 있는 것에 대해 고마운 마음을 전달해야 한다.

- 이 문제에 대해 이야기할 수 있어서 정말 기뻐요.
- 이 얘기를 하고 나니 마음이 한결 가벼워지네요.
- 이 이야기를 할 수 있다는 게 얼마나 위로가 되는지 몰라요.
- 이 모든 문제에 대해 하소연할 수 있어서 정말 다행이에요. 그러고 나면 기분이 한결 밝아지거든요.
- 전부 얘기하고 나니 기분이 좀 나아졌어요. 고마워요, 자기.

비난하지 않고 편하게 들어주기

여자가 별 뜻 없이 한 말을 남자는 자신에 대한 비난으로 듣고 발끈 화를 내는 경우가 있다. 이는 두 사람 사이의 의사 소통을 가로막는 걸림돌이 되며 그들의 관계에 심각한 해악을 끼친다.

여자가 이렇게 말한다고 가정해 보자.

"우리는 그저 매일 일뿐이에요. 즐거운 시간이라곤 요만큼도 갖지 못하고 있다구요. 당신은 너무 진지한 것 같아요."

남자는 상대가 자기를 비난하고 있음을 쉽게 느낄 수 있을 것이고, 어떻게든 맞받아칠 궁리를 하게 될 것이다. 하지만 이렇게 말해 보면 어떻겠는가.

"내가 너무 진지하다는 말은 듣기가 거북하군. 우리가 좀더 즐거운 시간을 갖지 못하는 것이 모두 내 잘못이라는 건가?"

아니면 이렇게 말할 수도 있을 것이다.

"내가 그저 일만 아는 따분한 사람이라는 말은 섭섭한데. 당신은 그게 다 내 탓이라는 거요?"

만일 긍정적인 방향으로 대화를 이끌고자 한다면 상대에게 퇴로를 열어 줄 필요가 있다. 그럴 경우에는 이렇게 말하는 것이 좋다.

"당신은 우리가 일에 묻혀 지내는 시간이 많은 것이 모두 내 잘못이라고 생각하나 본데, 정말 그렇소?"

이런 식의 반응은 상대의 감정을 존중하면서 만일 비난이 본의 아닌 것이었다면 그것을 도로 거두어들일 수 있도록 기회를 주는 것이다. 그녀가 "아, 아니에요. 그게 모두 당신 탓이라고 생각하지는 않아요"라고 말하면 그는 아마 마음이 조금 편안해질 것이다.

남자란 고무줄 같다

남자들이란 흡사 고무줄과도 같다. 그들은 도로 잡아당겨질 때까지는 최대한 멀어지려는 특성이 있다.

고무줄은 남자들의 친밀감 주기를 이해하는 데 도움이 되는 그야말로 완벽한 비유이다. 이 순환 주기에는 가까워졌다가 멀어지고, 다시 가까워지는 일련의 과정이 포함된다.

남자는 한 여자를 사랑하고 있는 경우에도 때로 그녀로부터 멀어지고자 하는 욕구를 느끼는데, 이것은 여자들에게 있어 무척 당혹스러운 일이다. 남자들의 이러한 충동은 본능적인 것일 뿐 인위적인 결단이나 선택에 의한 행동이 아니다. 그냥 저절로 일어나는 일이다. 그의 탓도 아니고 여자 쪽에 잘못이 있는 것도 아니다.

문제는 상대방에게 아무런 문제가 없더라도 남자는 그런 충동을 느낀다는 데 있다. 한 여자를 사랑하던 남자가 갑자기 그녀로부터 멀어지기 시작하는 것이다. 팽팽히 당겨진 고무줄처럼 최대한 멀어졌다가 다시 돌아온다.

남자들의 이러한 행동은 독립과 자율에 대한 욕구를 충족시키기 위한 것이다. 그러나 상대로부터 충분한 거리까지 떨어지고 나면 그는 불현듯 사랑과 친밀감을 느끼게 된다. 도로 제자리로 돌아올 때 그는 멀어지기 이전의 친밀감을 자연스럽게 회복한다.

어떻게 남자들은 갑자기 변화하는가

만일 상대로부터 어느 정도 멀어질 기회를 얻지 못한다면 그는 상대에게 가까이 다가가고 싶은 강렬한 욕구 또한 느끼지 못한다.

여자가 한사코 늘 똑같은 수준의 친밀감을 고집하거나 거리를 두고자 하는 상대의 욕구를 무시하고 자꾸만 그에게 따라붙는다면, 그는 언제까지나 그녀로부터 도망치고 싶어한다는 것을 여자들은 잊지 말아야 한다.

세미나에서 나는 고무줄을 들고 실험을 해 보이면서 이같은 원리를 설명하곤 한다. 여기 고무줄이 하나 있다고 가정해 보자. 이제 그 고무줄을 오른쪽으로 잡아당겨 보자. 최고 12인치까지 늘어날 수 있는 고무줄이라고 할 때, 만일 고무줄의 길이가 12인치가 되었다면 더 이상 늘어날 수는 없으므로 다시 오므라들 수밖에 없다. 그리고 다시 수축될 때 고무줄은 상당한 힘과 탄력을 보인다.

이와 마찬가지로 남자들 또한 충분히 멀어졌다가는 상당한 힘과 탄력으로 다시 되돌아온다. 일단 최대한의 거리까지 잡아당겨졌던 남자는 변화를 보이기 시작한다. 그의 전체적인 태도가 달라지는 것이다. (멀어져 있는 동안) 상대에게 별로 관심과 애정을 보이지 않던 남자가 갑자기 그녀 없이는 못 살 것처럼 행동한다. 이제 다시 친밀감에의 욕구를 느끼고 있는 것이다. 사랑하고, 사랑받고 싶다는 갈망이 되살아나고 활력이 다시금 솟구친다.

남자의 이러한 태도 변화는 여자들에게 당혹감을 안겨주는 게 보통이다. 그녀들은 감정적으로 누군가와 멀어졌다가 다시 가까워지는 데 어느 정도의 시간이 필요하기 때문이다. 이런 점에 있어 남녀가 서로 다르다는 것을 이해하지 못하면, 여자들은 친밀감에 대한 그의 느닷없는 욕구를 불신한 나머지 그를 밀어내려 할 수도 있다.

　　남자들 역시 이같은 차이를 이해할 필요가 있다. 멀어졌다가 제자리로 돌아온 남자에게 여자가 다시금 마음을 열기까지는 시간이 필요하고 관계 회복을 위한 대화가 필요하다. 여자가 예전만큼의 친밀감을 되찾으려면 시간이 걸린다는 것, 특히 그의 행동으로 인해 마음에 상처를 받았을 경우는 더더욱 그렇다는 것을 이해한다면 그러한 변화 과정을 부드럽게 넘길 수 있을 것이다. 상대의 기질적 특성에 대한 이해가 없다면 감정적으로 다소 멀리 떠났다가도 언제 그랬냐는 듯 태연히 되돌아올 수 있는 남자들이 볼 때 그렇지 못한 여자들을 답답하게 여길지도 모른다.

잘 지내다가 멀어지는 남자

친밀감에의 욕구가 어느 정도 채워지면 남자들은 자율과 독립을 갈망하기 시작한다. 자연히 그는 감정적으로 멀어지게 되고, 이러한 변화는 여자를 혼란 속으로 몰아넣는다. 얼마만큼의 거리를 둠으로써 자율에 대한 욕구가 충족되면 그는 또다시 친밀한 관계를 그리워하게 된다는 것을 그녀는 알지 못한다. 남자들에게 친밀감과 자율성에 대한 욕구는 번갈아 일어난다.

매기와 제프가 처음 만나 서로를 알기 시작할 무렵, 제프는 그때 무척이나 열렬했고 욕망이 넘쳤다. 그의 고무줄이 한껏 팽팽하게 당겨진 상태였다. 그는 매기에게 기쁨과 만족과 감동을 안겨주고 싶어했고 조금이라도 더 가까이 있고 싶어했다. 그의 진심이 통해 매기 역시 마음을 열자 그는 점점 더 가까운 사람이 되었다. 제프는 무척 황홀했다. 그러나 얼마 후 어떤 변화가 일어났다. 고무줄은 느슨해지고, 그 팽팽한 힘은 온데간데 없어졌다. 거기에는 어떤 움직임도 없었다. 어느 정도 친밀감이 확보된 후, 상대에게 더 가까이 다가가고 싶은 남자의 욕구는 마치 고무줄처럼 탄력을 잃어버렸다.

설령 매기와의 관계가 그에게 만족을 안겨주는 것이었다고 해도 이 변화에의 내밀한 욕구는 필연적인 것이다. 그는 상대로부터 조금 떨어져 있고 싶은 충동에 휩싸이기 시작했다. 독립에 대한 갈증, 혼자 있고 싶은 갈망이 그를 사로잡게 된 것이다.

왜, 여자가 다가오면 남자는 멀어지려고 할까

여자들은 어쩌다가 자기가 대화를 좀 하자고 하거나 그와 친밀한 시간을 갖고 싶어질 때면 그가 꼭 그런 반응을 보인다고 생각한다. 거기에는 두 가지 이유가 있을 수 있다.

- 남자가 멀어지고 있음을 육감으로 느낀 여자가 친밀한 관계를 확고히 하기 위해 대화를 제의할 수도 있다. 그런데 그가 계속해서 거리를 고집하면 그녀는 그가 대화를 원치 않으며 자기를 사랑하지 않는 거라고 성급한 결론을 내린다.

- 여자가 가슴을 열고 보다 깊숙한 친밀감을 표시해 오면 그것이 남자를 부담스럽게 해 멀리 떨어져 있고 싶은 욕구를 촉발시킬 수도 있다. 남자에게 있어서 친밀감은 자아의식의 균형을 찾아야 할 시간임을 알리는 경종이 울리기 전까지는 유용하다. 친밀감이 절정에 다다른 순간 남자는 자기도 모르게 불현듯 자율에 대한 욕구를 느끼게 된다.

자신의 어떤 말이나 행동이 남자를 떠나게 만드는 경우도 종종 있기에, 남자가 멀어져 갈 때 여자는 몹시 당황하게 된다. 일반적으로 여자가 어떤 문제에 대해 열의를 갖고 감동적으로 이야기해 오면 남자들은 그녀로부터 거리를 두고 싶은 충동을 느끼기 시작한다. 이것은 그녀의 적나라한 감정이 그를 더욱 가까이 끌어당기고 친밀감을 깊게 하기 때문이며, 상대와 지나치게 밀착되었다고 느껴지면 남자는 자동적으로 뒤로 물러나게 되기 때문이다.

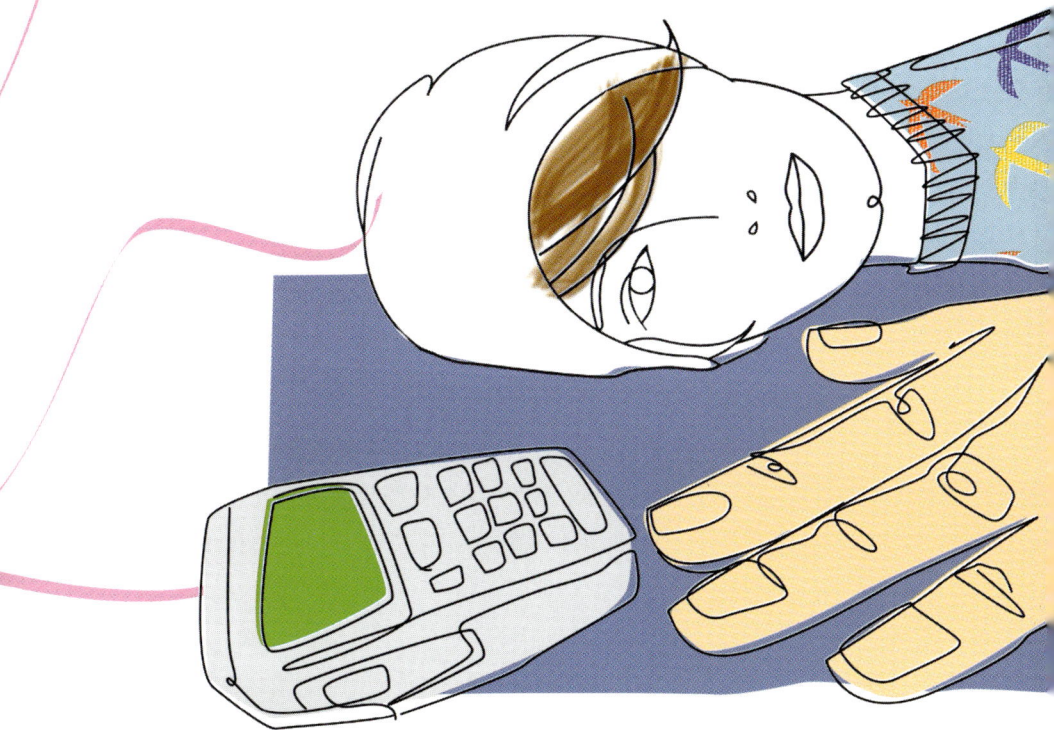

남자가 거리를 둘 때
언제 대화할 것인가

남자가 감정적으로 거리를 두고자 할 때는 대화를 하거나 친밀감을 보이려고 애쓰지 않는 것이 좋다. 그를 그냥 내버려두라.

어느 정도 시간이 흐르면, 그는 자상하고 사랑이 넘치는 사람이 되어 언제 그랬느냐는 얼굴로 돌아온다. 이때가 바로 대화하기에 알맞은 시간이다.

남자가 친밀감을 느끼고 싶어하고 대화에 응할 자세가 되어 있는 이 황금 같은 시간에, 여자들은 막상 대화를 시작하지 못하는 경우가 많다. 그 이유는 대략 세 가지다.

- 그녀가 대화를 하고 싶어했을 때 그가 보였던 냉담한 반응이 그녀로 하여금 대화에 대한 두려움을 갖게 하는 경우이다. 그녀는 그가 자기 이야기에 관심이 없고, 듣고 싶어하지 않을 거라고 잘못 생각한다.

- 그가 자기 때문에 기분이 상한 것이 아닐까 지레 짐작하고는, 그가 먼저 말문을 열어 자기 기분이 왜 그런지 이야기하기를 기다리는 경우도 있을 수 있다. 그녀는 그가 먼저 말문을 열어 무엇 때문에 기분이 상했는지 이야기해 주기를 기다린다. 그러나 그는 기분이 상했던 것이 아니므로 굳이 이야기할 필요를 느

끼지 않는다.

- 자기는 할 말이 너무 많지만 예의를 차린답시고 먼저 얘기를 시작하지 않는 경우도 있을 것이다. 그녀는 자기 기분과 생각을 이야기하는 대신 그의 감정과 생각에 대해 묻는 우를 범한다. 그가 아무 할 말이 없다고 하면 그녀는 그가 대화를 원치 않는 거라고 단정짓는다.

남자가 거리를 두려고 할 때, 감정적으로 그에게 더 밀착한
다. 그를 염려하고 또 그의 기분을 좋게하기 위해 애를 쓴다.

"당신이 어떻게 이럴 수가 있어요?" 또는 "당신의 그
런 행동이 내게 얼마나 상처가 되는지 모르세요?" 등
죄책감을 갖도록 유도하는 질문을 통해 그를 비꼬려
매려고 한다.

남자의 친밀감 주기를 훼방놓는 행동

자연적으로 일어나는 남자의 친밀감 순환 주기를 가로막는 두 가지 장애물은 다음과 같다. 하나는 거리를 두려는 남자를 끝까지 쫓아다니는 것이고, 다른 하나는 가혹하게 대하는 것이다.

여기에, 남자가 거리를 두지 못하도록 쫓아다니는 가장 흔한 양상이 어떤 것인지 열거해 보았다.

쫓아다니기

육체적으로 남자가 거리를 두려고 할 때, 물리적으로 거리를 허용하지 않는다. 그가 이 방으로 가면 이 방으로 따라가고, 저 방으로 가면 저 방으로 따라간다. 리자와 짐의 경우에서처럼 리자는 자기가 하고 싶은 일이 있어도 남자와 떨어지기 싫어서 그 일을 포기한다.

감정적으로 남자가 거리를 두려고 할 때, 감정적으로 그에게 더 밀착한다. 그를 염려하고 또 그의 기분을 좋게 하기 위해 애를 쓴다. 그의 아픔을 곧 자신의 아픔으로 받아들인다. 그러나 그녀의 지나친 관심으로 그는 숨이 막힌다.

또 다른 양상은 혼자 있고자 하는 그의 욕구를 인정하지 않는 것이다. 이렇게 함으로써 그녀는 감정적으로 멀어지려는 그를 다시 틀어쥔다.

또 하나는 남자가 멀어지려고 할 때 처량하고 외로운 표정을 짓거나 고통스럽게 보이는 것이다. 이런 식으로 그녀는 계속적인 친밀감을 호소하고, 남자는 조종당하고 있는 듯한 느낌을 갖는다.

정신적으로 "당신이 어떻게 이럴 수가 있어요?" 또는 "당신, 어떻게 된 거 아니에요?", "당신의 그런 행동이 내게 얼마나 상처가 되는지 모르세요?" 등 죄책감을 갖도록 유도하는 질문을 통해 그를 비꼬러매려고 한다.

다른 방법으로는 상대의 비위를 맞추려고 노력하는 것이다. 그의 수족처럼 시중을 들어주고 완벽하게 행동함으로써 그가 멀어질 하등의 구실이 없게 하는 것이다. 자아의식은 내팽개치고 그가 원하는 스타일이 되려고 노력한다. 혹시라도 남자가 멀어져 버릴까 두려워 그가 싫어할 것 같은 행동을 삼가고 자기 감정을 숨긴다.

그 다음으로 흔히 볼 수 있는 것은 남자가 거리를 두려고 할 때 그를 가혹하게 대하고 징계함으로써 친밀감 순환 주기를 방해하는 행동이다. 그것이 대체로 어떤 양상으로 나타나는지 아래에 예시해 보았다.

가혹하게 대하기

육체적으로 남자가 다시 그녀를 원할 때 그를 거부한다. 그의 육체적인 요구를 받아주지 않는다. 그가 가까이 다가오거나 자기 몸에 손을 대는 것을 허락하지 않는다. 그녀는 자기의 불쾌함을 표시하기 위해 남자를 때리거나 물건을 던져 깨뜨리기도 한다.

이런 식으로 징계를 받으면 남자는 두려움을 갖게 되어 다시는 그런 행동을 할 엄두를 내지 못하게 된다. 그는 그녀로부터 거리를 둘 생각을 아예 버리게 되고, 따라서 친밀감의 주기는 깨진다. 그러나 이것은 그의 가슴속에 울분을 심고, 이로써 친밀감에 대한 그의 자발적인 욕구도 사그라든다. 일단 그녀로부터 멀어졌다면 그러한 보복이 두렵고 싫어서 다시 돌아오고 싶지 않을지도 모른다.

감정적으로 그가 다시 돌아오면 몹시 불행한 얼굴로 그를 힐난한다. 자신에게 소홀히 대한 그를 절대로 용서하지 않는다. 그녀를 기쁘게 하거나 행복하게 해주기 위해 그가 할 수 있는 일이란 아무것도 없다. 그는 곧 무력감을 느끼고 포기해 버린다.

그가 돌아왔을 때 그녀는 상처받은 듯한 표정과 목소리와 말로 그에 대한 거부감을 나타낸다.

정신적으로 그가 다시 돌아올 경우, 마음을 굳게 닫고 자기 감정을 드러내지 않는다. 그녀 자신이 냉정해져서 그의 침묵에 보복을 가한다.

사실은 그가 그녀를 염려하고 있다는 것을 더 이상 믿지 않는다. 그가 그녀의 이야기를 들어주고 '좋은' 남자가 될 기회를 아예 말살시킴으로써 그를 응징한다. 행복한 마음으로 그녀에게 돌아왔던 남자는 더할 나위 없이 비참해진다.

남자의 과거는 친밀감 주기에 어떤 영향을 미칠까

남자에게 있어 자연스러운 것이라 할 수 있는 그 친밀감 순환 주기가 어린 시절에 이미 차단된 경우도 있을 수 있다.

감정적으로 멀어진 아버지에 대해 어머니가 극심한 거부감을 나타내는 것을 보고 자랐다면 그는 멀어진다는 것에 대해 두려움을 갖고 있을지도 모른다. 그는 자기한테 그런 욕구가 있다는 것조차 모르거나 그 욕구를 정당화할 구실을 무의식적으로 만들어 내려 할지 모른다.

이런 남자는 자연히 자기 내부의 여성적인 측면을 보다 발달시키게 되는데, 여기에는 필연적으로 남성적인 힘의 억압이라는 희생이 뒤따른다. 그는 예민한 남자다. 그가 상대를 기쁘게 하고 사랑해 주려고 열심히 노력하는 가운데 그의 남성적 자아는 일부 소실되고 만다. 상대로부터 거리를 두게 되고 행동에 대해 죄의식을 갖는다. 자기에게 무슨 일이 일어났는지 모르는 채, 그는 욕망과 힘과 열정을 잃어버리고, 매우 수동적이고 의존적인 인간이 된다.

그는 혼자 있거나 동굴에 들어가기를 두려워할 수도 있다. 가슴속 깊이 사랑을 잃는 데 대한 두려움이 자리하고 있기에 그는 혼자 있기 싫다고 생각할지도 모른다. 어렸을 때 그는 이미 어머니가 아버지를 거부하거나, 혹은 어머니로부터 직접 거부당해 본 경험이 있기 때문이다.

그런 사람의 가슴 밑바닥에는 자기가 사랑받을 자격이 없다는 생각이 깔려 있어서 상대에게 다가가거나 애정을 표시하기가 두려운 것이다. 만일 자기가 상대에게 더욱 가까이 다가가면 어느 정도나 환영받을지 그는 상상하지 못한다. 그래서 예민한 남자들은 적극적이고 긍정적인 심상을 그리지 못하고 자연스러운 친밀감 주기를 경험하지 못하게 된다.

남자의 친밀감 순환 주기를 이해하는 것은 여자에게만 중요한 게 아니라 남자들 자신에게도 무척 중요한 일이다.

남자들은 대체로 자신들이 돌연 멀어졌다가 다시 돌아오는 행동이 여자에게 어떤 영향을 미칠지 깨닫지 못한다. 남자들의 친밀감 순환 주기에 의해 여자가 어떤 영향을 받는지에 대한 새로운 인식은, 여자가 이야기할 때 진지하게 들어주는 것이 얼마나 중요한지를 깨닫게 만든다. 또 그가 자기에게 관심을 갖고 있고 진심으로 염려하고 있다는 것을 재확인하고자 하는, 그녀의 욕구를 이해하고 존중하게 된다. 그리고 그녀로부터 거리를 둘 필요를 느끼지 않을 때, 현명한 남자라면 상대의 기분이 어떤지 묻고 헤아려 줌으로써 먼저 대화를 시작할 수 있을 것이다.

나아가 자신의 주기를 파악하게 되면 그녀로부터 멀어지려는 순간에 언제쯤 돌아올지를 미리 알려 줄 수도 있게 된다. 그는 이렇게 말할 수 있을 것이다.

"나 혼자 있는 시간이 좀 필요해요. 그러고 나서 우리 아무런 방해도 받지 않고 둘만의 특별한 시간을 갖도록 합시다."

그녀가 말을 하고 있는 중이었다면 이렇게 말할 수 있으리라.

"이 문제에 대해 생각해 볼 시간이 좀 필요한 걸. 우리 나중에 다시 얘기하는 게 좋겠어."

여자는 파도와 같다

사랑받고 있다고 느낄 때 여자의 자부심은 마치 파도처럼 오르내린다.

정말 기분이 좋아서 최고조에 이르렀다가도 갑자기 기분이 바뀌면 그녀의 파도는 사정없이 곤두박질친다. 그러나 이러한 추락은 매우 일시적인 것이다. 맨 밑바닥에 도달했다고 느끼는 순간 그녀의 기분은 어느새 바뀌어 자기 자신에 대해 다시 좋은 감정을 갖게 된다. 그녀의 파도는 저절로 위를 향해 솟아오르기 시작한다.

물결이 솟아오를 때 그녀는 사랑이 충만하지만, 파도가 꺼지면 마음의 공허를 느끼면서 사랑을 갈구하게 된다. 이렇게 밑바닥이 드러나는 때가 바로 그녀가 감정의 대청소를 하는 시간이다. 만일 그녀가 부정적인 감정을 억압하고 있었거나, 파도가 올라갈 때 보다 많은 사랑을 베풀기 위해 자기 자신을 부인해 왔다면 파도가 내려갈 때는 그 부정적인 감정들과 충족되지 못한 욕구가 제 모습을 드러낸다. 이 때 그녀는 더욱 자기 문제를 이야기하고 상대로부터 이해와 공감을 얻고 싶어 한다.

내 아내 바니는 '밑으로 내려가는' 이 느낌이 마치 캄캄한 우물 속으로 들어가는 듯한 느낌이라고 말한 적이 있다. 여자가 자신의 우물 속으로 들어갈 때 그녀는 무의식의 세계와 어둡고 혼란스러운 감정 속에 스스로 침잠한다. 거기서 그녀는 설명할 수 없는 감정과 분명치 않은 느낌들이 떼지어 몰려드는 것을 경험할지도 모른다. 그리고 어쩌면 아무도 없는 곳에 혼자 내팽겨쳐진 듯한 외로움과 절망을 느낄지도 모른다. 그러나 우물의 맨 밑바닥에 닿는 순간, 만일 자신이 사랑받고 있다는 것을 느낄 수 있다면 그녀의 기분은 이내 회복되기 시작한다. 추락이 급작스러운 것이었던 만큼 그녀는 빠르게 위로 솟아올라 자기가 맺은 관계 속에서 다시금 사랑을 발산할 수 있게 되는 것이다.

파도가 꺼지는 시기에 그녀는 풀이 죽거나 감정적으로 보다 예민하게 반응하는 경향을 보인다. 그 파도가 맨 밑바닥을 칠 때 그녀는 마음의 상처를 받기 쉬운 상태가 되고, 사랑을 더욱 필요로 한다.

파도에 남자들은 어떤 반응을 보이는가

한 남자로부터 사랑을 받게 된 여자는 사랑과 충족감으로 빛을 발하기 시작한다. 대다수의 남자들은 순진하게도 그 빛이 영원히 계속되리라고 생각한다.

하지만 그녀가 지닌 사랑의 본성이 언제까지나 한결같으리라 기대하는 것은 날씨가 절대 변하지 않고 언제까지나 햇살이 가득하기를 바라는 것과 같다.

관계 속에서 살아가는 남자와 여자도 제각기의 리듬과 주기를 갖고 있다. 남자들은 멀어졌다가 또 가까이 다가오고, 여자들은 자신과 남들에 대한 사랑의 오르내림을 반복한다.

남자는 여자의 돌연한 기분 변화가 오로지 자신의 행동에서 비롯된 것이라고 짐작한다. 그녀가 행복해하면 그것이 자기 공이라 생각하고, 그녀가 불행해하면 거기에 대해 책임감을 느낀다. 만일 상황을 개선시킬 방법을 모른다면 그는 극도의 좌절감에 빠질 수도 있다. 어느 순간 여자가 행복해하기에 자기가 잘하고 있다고 믿었는데, 그 다음 순간 그녀가 갑자기 불행해한다면 자기가 매우 잘하고 있다고 믿어왔던 남자는 충격을 받게 된다.

빌과 메리는 6년째 결혼 생활을 해왔다. 빌은 메리에게서 이 파도를 발견했지만 그것을 제대로 이해하지 못했기에 어떻게든 '고쳐 보려고' 했다. 그러나 상황은 점점 악화될 뿐이었다.

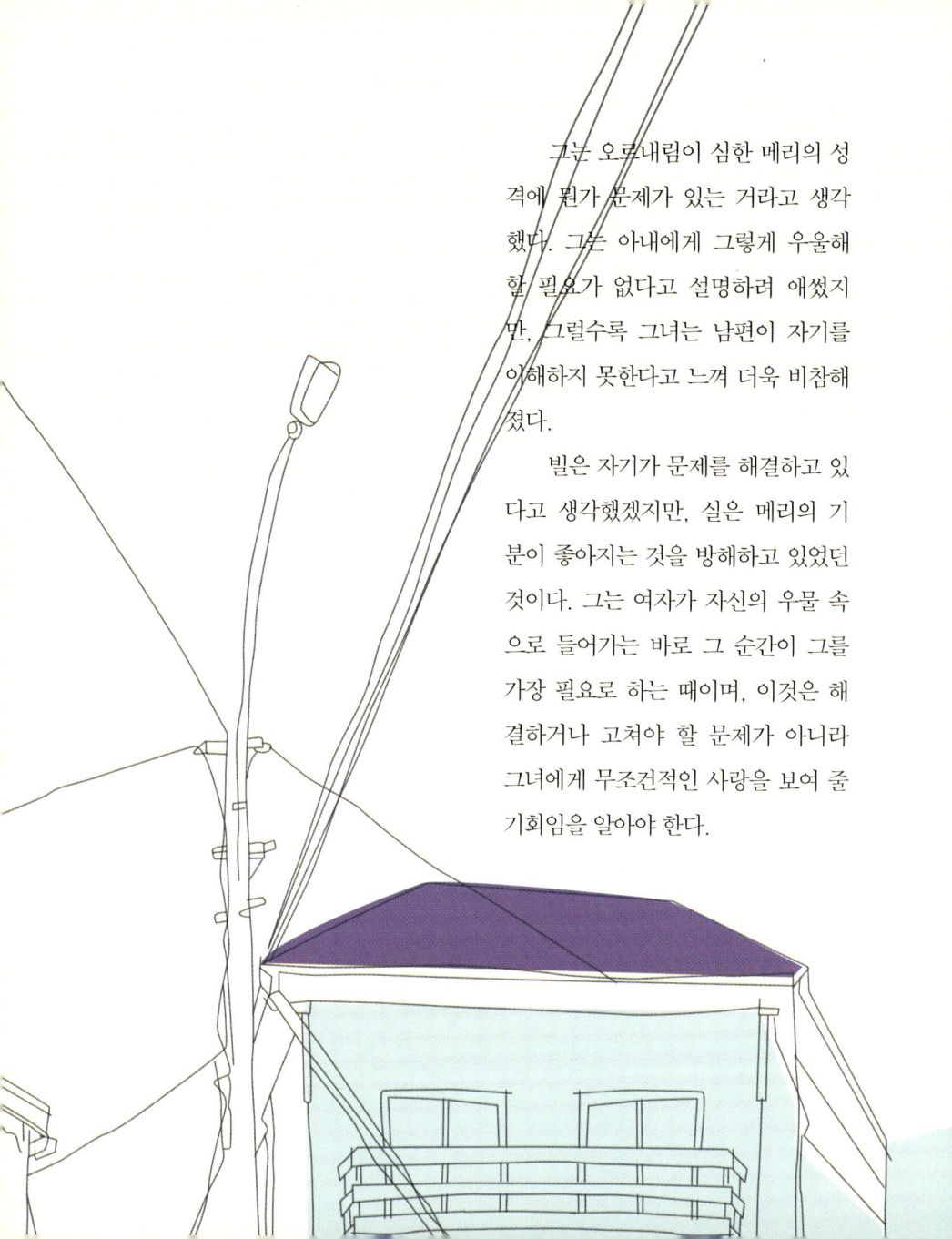

그는 오르내림이 심한 메리의 성격에 뭔가 문제가 있는 거라고 생각했다. 그는 아내에게 그렇게 우울해할 필요가 없다고 설명하려 애썼지만, 그럴수록 그녀는 남편이 자기를 이해하지 못한다고 느껴 더욱 비참해졌다.

빌은 자기가 문제를 해결하고 있다고 생각했겠지만, 실은 메리의 기분이 좋아지는 것을 방해하고 있었던 것이다. 그는 여자가 자신의 우물 속으로 들어가는 바로 그 순간이 그를 가장 필요로 하는 때이며, 이것은 해결하거나 고쳐야 할 문제가 아니라 그녀에게 무조건적인 사랑을 보여 줄 기회임을 알아야 한다.

기분이 가라앉을 때 그러면 안 된다고, 왜 그러느냐고 말하는 사람은 그녀에게 전혀 도움이 안 된다. 그녀가 필요로 하는 사람은 그럴 때 함께 있어주고, 그녀의 이야기를 들어주고, 그녀가 겪고 있는 일에 대해 함께 느낄 수 있는 그런 사람이다. 설령 여자의 기분이 가라앉은 이유를 이해할 수 없더라도 남자는 자신의 사랑과 관심과 지지를 그녀에게 보여줄 수는 있을 것이다.

기분이 가라앉을 때 그러면 안 된다고, 왜 그러느냐고 말하는 사람은 그녀에게 전혀 도움이 안 된다. 그녀가 필요로 하는 사람은 함께 있어 주고, 이야기를 들어주고, 겪고 있는 일을 함께 느낄 수 있는 그런 사람이다.

남자들은 왜 혼란을 느끼는가

여자는 마치 파도와 같다는 것을 알게 되었는데도 빌은 여전히 혼란스러웠다.
메리가 우물 안으로 들어가려는 것처럼 보였을 때 그는 열심히 이야기를 들어
주는 연습을 했다.

아내가 고민하는 문제에 대해 이야기를 해도 그것을 '해결하려고' 하거
나 그녀의 기분을 좋게 만들려고 애쓰지 않았다. 그렇게 한 20분쯤 지나자 그
는 몹시 당황스러웠다. 아내의 기분이 전혀 나아질 것 같지 않았기 때문이다.

"처음에 제가 이야기에 귀기울였을 때는 아내가 마음을 열고 자기 감정을
털어놓는 것처럼 보였어요. 그런데 그녀는 오히려 점점 더 기분이 나빠지는
것이었어요. 제게 말을 하면 할수록 좋아지기는커녕 사태가 더 악화되는 것
같았습니다. 저는 그녀에게 점점 더 기분이 나빠지면 어쩌란 말이냐고 했고,
결국 우리는 언쟁을 벌이고 말았죠."

비록 메리의 얘기를 들어주기는 했지만, 그는 여전히 그녀의 문제를 해결
하려 하고 있었다. 그는 아내의 기분이 당장 좋아지기를 기대했다. 여자가 우
물 속으로 들어갈 때 누가 옆에서 도와준다고 해서 금방 기분이 전환되는 것
이 아님을 빌은 알지 못했던 것이다. 오히려 기분이 더 나빠질 수도 있다. 그
러나 그것은 그의 도움이 먹혀들고 있다는 증거이다. 실제로 그의 도움이 그
녀가 맨 밑바닥까지 빨리 도달하게 만들 수 있고, 그러고 나면 그녀는 곧 기분

이 회복될 수 있기 때문이다. 진정으로 일어서려면 맨 밑바닥에 다다라야 하는 것이다.

빌은 자기의 노력에도 불구하고 그녀가 조금도 나아지지 않자 혼란을 느꼈다. 그녀는 오히려 점점 더 밑으로 내려가는 것처럼 보였다. 이런 혼란을 피하려면 남자는 자기가 아무리 적절한 도움을 주어도 여자의 기분이 호전되지 않을 수도 있다는 것을 기억할 필요가 있다. 다시 솟아오르려면 반드시 맨 밑바닥에 이르러야 하는 파도의 속성을 이해하고 나면 그는 조급함에서 벗어날 수 있다.

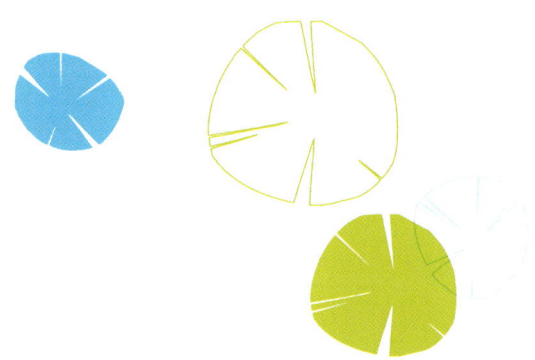

우물에서 나온 여자를 잘 대해주라

우물 밖으로 나온 여자는 사랑이 충만되어 있는 평소의 자기 모습으로 되돌아온다. 남자들은 그녀의 확실한 변화를 보고 곧잘 오해를 한다. 그들은 그녀를 괴롭히던 문제가 무엇이었든 이제는 그 문제가 말끔히 해결되어 사라진 것으로 생각하는 게 보통이다. 그러나 사실은 그렇지 않다. 그것은 남성들의 착각이다.

그녀의 파도가 다시 곤두박질치면 또 그와 유사한 문제들이 드러난다. 이미 해결된 줄 알았던 문제가 또다시 고개를 들면 남자들은 참을성을 잃고 짜증을 낸다. 파도를 이해하지 못하기에 그는 '우물' 안에 있는 여자의 기분을 맞추어 주기가 너무 힘들다고 생각한다.

해결되지 않는 감정 문제가 자꾸만 되풀이되면 남자는 다음과 같은 부적절한 반응을 보일 수 있다.

- 도대체 우리는 이 일을 몇 번이나 되풀이해야 되는 거요?
- 전에 다 들은 얘기잖아.
- 그 문제는 해결된 줄 알았는데.
- 또다시 이 일로 실랑이하고 싶지 않아요.
- 이건 미친 짓이라구. 맨날 똑같은 입씨름을 반복하고 있잖아.
- 당신한테는 왜 그렇게 문제가 많아?

여자가 자기 우물 속으로 들어가면 가장 깊숙이 파묻혀 있던 그녀의 문제가 표면으로 떠오르는 경향이 있다. 그 문제란 인간 관계와 관련된 것일 수도 있지만, 대부분 그녀의 과거나 어린 시절의 기억과 깊이 연루되어 있는 것들이다. 과거에 치유되거나 해결되지 못하고 남아 있던 문제들이, 그녀가 원하든 원하지 않든 바깥으로 나타나는 것이다.

이런 힘든 시기에 자기가 점점 더 많은 도움을 받고 있음을 느끼면 그녀는 관계에 대한 믿음을 갖기 시작하고, 관계 속에서의 충돌이나 삶에 대한 갈등을 겪지 않고도 우물 속으로 들어갔다 나왔다 하는 여행을 할 수 있게 된다. 이것이 애정 어린 관계의 축복이다. 우물 속의 여자를 도와주는 것은 그녀가 굉장히 고맙게 생각할 특별한 선물이다. 그녀는 차츰 자신을 붙잡고 있던 과거의 손아귀로부터 자유롭게 놓여나게 될 것이다. 감정의 오르내림은 그대로 이어지겠지만 그것으로 인해 그녀가 지닌 사랑의 본성에 음영이 드리워질 만큼 극단으로 흐르지는 않을 것이다.

우물 속으로 들어가면서 흔히 느끼는 감정들

그녀가 느끼는 감정	그녀는 이렇게 말할지 모른다
의기소침	할 일이 너무 많아요.
불안	난 더 많은 것을 원해요.
원망	내가 모든 것을 다 하잖아요.
염려	하지만 그것은…….
당황	그 이유를 이해하지 못하겠어요.
피곤	나는 더 이상 아무것도 할 수 없어요.
무기력	어찌할 바를 모르겠어요.
수동성	나는 상관 없으니까 당신 하고 싶은 대로 해요.
요구	당신은 이러이러하게 해야 해요.
억압	아뇨, 난 그것을 원하지 않아요.
불신	당신, 그 말이 무슨 뜻이에요?
조종	그런데 당신, 그거 했어요?
비난	당신, 어떻게 그걸 잊을 수 있어요?

여자가 우물 안에 마음놓고
들어가 있지 못할때

파도와 같은 오르내림을 반복하는 경향은 친밀한 관계일 때 더욱 강화된다. 여자는 이런 주기를 편안한 마음으로 받아들일 수 있어야 한다. 만일 그렇지 못한다면 그녀는 늘 화평한 것처럼 보이려고 애쓰게 되고 자신의 부정적인 감정들을 억압하게 된다.

여자가 마음놓고 우물 안으로 들어가지 못할 때 그녀가 선택할 수 있는 유일한 대안이 있다면, 그것은 상대와의 접촉이나 섹스를 회피하는 것, 혹은 술을 마시거나 음식을 마구 먹거나 닥치는 대로 일을 하거나 식구들에 대한 지나친 보살핌 등의 탐닉을 통해 자신의 부정적인 감정을 억눌러 잠재우는 것뿐이다. 그러나 이러한 억압에도 불구하고 그녀는 이따금 한번씩 우물 속에 빠지게 될 것이고, 그럴 때면 그녀의 감정은 절제되지 않은 그대로의 모습을 드러내게 된다.

아마 여러분은 몇 년 동안 싸움은커녕 큰 소리 한 번 내 본 적도 없는 부부가 돌연 이혼을 결정해 사람들을 놀라게 하는 경우를 본 적이 있을 것이다. 이런 경우는 대부분 싸움을 피하려고 여자 쪽에서 자신의 부정적인 감정들을 삭이며 살아온 것이기 쉽다. 그 결과 그녀는 사랑을 느끼는 능력을 잃은 무감각한 사람이 된다.

부정적인 감정이 억압될 때는 긍정적인 감정도 함께 억눌리게 되고, 사랑도 희미하게 빛을 잃는다. 논쟁과 싸움은 물론 피하는 것이 좋겠지만 감정을 억압해야 한다면 곤란하다.

여자의 파도가 아래로 부서져 내릴 때는 감정의 정리, 감정의 대청소가 필요한 시간이다. 이러한 감정의 정화가 이루어지지 않는다면 누군가를 사랑하고 그 사랑 속에서 성장할 그녀의 능력은 서서히 소실되어 버린다. 감정에 대한 마구잡이 통제와 억압은 그녀의 파도가 오르내리는 것을 방해하여, 그녀는 점차 느낌도 열정도 없는 사람이 되어 간다.

자신의 부정적인 감정을 애써 회피하고 감정의 자연스러운 기복에 저항하는 여자들 중 상당수는 '월경전 증후군(PMS)'에 시달리고 있다. 부정적인 감정을 긍정적인 방법으로 해결하는 능력과 '월경전 증후군' 사이에는 밀접한 관련이 있다. 자기 감정에 대처하는 방법을 비로소 알게 된 여자들이 월경전 증후군이 말끔히 사라지는 경험을 하는 예가 더러 있다.

직장 생활을 하는 여자는 스트레스에 늘 노출되어 있고 감정이 오염될 소지도 많아 대청소의 필요성이 오히려 크다. 마찬가지로 고무줄처럼 멀어지려고 하는 남자의 욕구도 그가 일터에서 받는 스트레스가 많을수록 늘어나게 마련이다.

우물 속으로 들어가는 습성이 그녀들의 업무 수행 능력에 영향을 미치지는 않지만, 자기가 사랑하고 필요로 하는 사람들과의 교제에는 실로 지대한 영향을 미친다.

　　여성의 자부심은 21일에서 35일 주기로 오르내림을 반복한다는 것이 한 연구에서 밝혀졌다. 남성이 고무줄처럼 다가왔다 멀어지는 주기가 얼마인지는 아직 연구결과가 나온 바 없지만, 내 경험에 비추어 그와 거의 비슷하지 않을까 생각된다. 여성의 자부심이 오르내리는 주기가 그녀의 월경 주기와 반드시 일치하는 것은 아니지만, 공교롭게도 평균 28일을 한 단위로 반복되는 양상을 보인다.

　　우물 속으로 들어가는 습성이 그녀들의 업무 수행 능력에 영향을 미치지는 않지만, 자기가 사랑하고 필요로 하는 사람들과의 교제에는 실로 지대한 영향을 미친다.

여자는 우물 안에,
남자는 동굴 안에 있을 때

"저는 세미나에서 배운 대로 다 해 보았습니다. 정말 효과가 괜찮더군요. 저희 부부는 덕분에 아주 사이가 좋아졌죠. 집에 있는 것이 마치 천국에 온 느낌이었어요. 그랬는데 갑자기 제 아내 캐시가 불평을 하기 시작했어요. 제가 텔레비전을 너무 많이 본다나요? 그러면서 저를 어린애 취급하더군요. 저희는 크게 싸웠습니다. 저는 아직도 영문을 모르겠어요. 그전까지는 그렇게 잘해 왔었는데 말입니다."

이것은 파도와 고무줄 주기가 엇비슷하게 겹치면 어떤 일이 일어나는지를 보여주는 한 예이다. 세미나에 참여한 후부터 해리스는 아내와 가족들에게 전보다 많은 것을 베풀 수 있었다. 캐시는 매우 기뻤다. 도저히 실감이 나지 않을 정도였다. 두 사람은 그 어느 때보다 가까워졌고 캐시의 파도는 절정에 이르러 있었다. 이런 시기가 한 2주일 정도 지속되었는데, 그러던 어느 날 해리스는 밤늦도록 자지 않고 텔레비전을 보려고 마음먹었다. 그의 고무줄에 힘이 빠지기 시작한 것이다. 그는 동굴 속으로 들어가고 싶은 욕구를 느꼈다.

그가 감정적으로 거리를 두려 하자 캐시는 크게 충격을 받았다. 그녀의 파도가 급강하하기 시작했다. 캐시는 그의 태도에서 자기가 새롭게 경험했던 친밀감이 허무하게 무너지는 실망감을 느꼈다. 지난 2주일은 그야말로 더 바랄 게 없었는데 이제 그 모든 것이 수포로 돌아가 버릴 것 같았다. 아주 어린 시절부터 그런 식의 친밀감은 그녀의 꿈이었다. 이제 또다시 그가 멀어진다면 견딜 수 없을 것이라고 생각했다. 그것은 내부의 어린 소녀에게 사탕을 주었다가 도로 빼앗는 것과 다름없는 경험이었다. 그녀는 기분이 몹시 언짢았다.

버림받는 것에 대한 캐시의 경험은 화성인들로서는 이해하기 힘든 것이다. 화성인들은 이런 논리를 편다.

"지난 2주일간 나는 정말로 최선을 다해 왔는데 잠깐 휴식을 취하는 것도 안 된단 말이오? 그동안 열심히 베풀었으니 이제는 내 차례요. 당신도 내 사랑에 대해 확실한 믿음을 갖게 되었을 게 아니오."

금성인들의 논리는 이 문제에 사뭇 판이하게 접근한다.

"지난 2주일은 정말 근사했어요. 저는 이제야 당신에게 마음을 활짝 열어 놓을 수 있게 됐어요. 그렇기 때문에 당신의 애정 어린 관심을 잃는다는 것이 전보다 몇 배 더 고통스러워요. 내가 마음을 열고 다가가려 하니까 당신은 벌써 멀어지는군요."

이야기를 들을 기분이 아닐 때
남자가 취할 수 있는 행동

"그럼 이야기를 들을 수 없을 때는 어떻게 합니까? 제가 동굴에 들어가고 싶을 때는요? 어떤 때는 이야기를 듣다가 벌컥 화가 치밀기도 하거든요."

해리스의 물음에 나는 그것이 정상이라고 그에게 말해 주었다. 여자의 파도가 급강하해 그녀가 어느 때보다 더 이야기를 나눌 상대를 필요로 할 때 공교롭게도 그의 고무줄이 힘을 잃어 멀리 떨어지고자 할 경우가 더러 있다. 그녀가 원하는 것을 줄 수 없는 것이다. 그는 바로 그것이라는 듯 힘주어 말했다.

"맞아요. 정말 그래요. 저는 혼자 있고 싶은데, 그녀는 이야기를 하자고 하죠."

남자가 감정적으로 거리를 두고자 할 때 그녀가 원한다고 해서 억지로 이야기에 귀기울이는 것은 문제를 악화시킬 뿐이다. 그는 얼마 못 가서 그녀를 비난하게 되거나 벌컥 화를 내게 될 것이고, 또 그렇지 않으면 너무나 피곤하고 성가신 나머지 저절로 태도가 무성의해져 오히려 그녀의 화를 돋우어 놓게 될 것이다. 성의와 관심과 이해심을 가지고 진지하게 상대의 이야기를 들어줄 수 없을 때는 다음의 세 가지 행동이 문제 해결에 도움이 될 수 있다.

거리를 두고 싶어질 때 그녀를 돕는 3단계

자신의 한계를 인정하라 맨 처음으로 당신이 할 일은 조용히 혼자 있고 싶다는 자신의 욕구를 인정하고, 자기에겐 아무것도 줄 것이 없음을 받아들이는 것이다. 아무리 애정 깊은 사람이 되기를 원해도 당신은 상대의 이야기에 주의를 집중할 수가 없다. 할 수 없는 일을 하려고 애쓰지 마라.

그녀의 고통을 이해하라 지금 이 순간 그녀는 당신이 줄 수 있는 것보다 더 많은 것을 원한다는 사실을 이해할 필요가 있다. 그녀의 욕구는 타당한 것이다. 더 많은 것을 원하거나 마음의 상처를 받는 것이 그녀의 잘못인 양 매도하지 마라. 당신의 사랑이 필요할 때 버려진 듯한 느낌이 든다면 분명 그것은 그녀에게 아픔을 주는 일이다. 그녀는 당신이 자신의 상처를 이해하고 염려해 주기만 한다면 얼마든지 당신을 신뢰하고 용서할 수 있다.

논쟁을 피하고 확신을 갖게 하라 그녀의 아픔을 이해하면, 당신은 기분이 상해 괴로워하는 그녀를 나쁘게 생각하지는 않을 것이다. 당신이 비록 그녀가 원하고 필요로 하는 것을 줄 수는 없더라도 논쟁으로 쓸데없이 문제를 악화시키지 않을 수는 있다. 당신은 곧 돌아올 것이며, 그때는 그녀가 마땅히 받아야 할 도움을 줄 수 있음을 그녀로 하여금 믿게 하라.

돈이 마음의 욕구를
채워주지는 못한다

화성인들은 돈이면 모든 문제가 해결된다고 생각하는 경향이 있다.

크리스와 팜이 생활고와 싸우며 목표를 이루기 위해 애쓰던 시절, 크리스는 아내의 고통에 진정으로 귀를 기울였고 함께 느끼려 애썼다. 그는 얼른 돈을 벌어 아내가 행복해하는 모습을 보고 싶었다. 팜은 남편의 깊은 마음을 가슴 깊이 느꼈다.

그러나 물질적으로 꽤 풍족해졌는데도 그녀가 이따금 불행을 느끼기는 마찬가지였다. 크리스는 그녀가 불행해하는 이유를 도저히 알 수 없었다. 이제 남부럽지 않은 부를 누리게 되었으니 그녀는 당연히 늘 행복한 얼굴이어야 했다. 팜은 남편이 자기한테 관심이 없다고 느꼈다.

크리스는 돈이 많다는 것으로 아내의 파도가 내려가는 것을 막을 수는 없음을 깨닫지 못했다. 팜의 파도가 급강하할 때 그는 아내의 감정에 이의를 제기하곤 했고, 이것이 결국 싸움이 되었다. 돈이 많아지면 많아질수록 그들의 싸움도 늘어갔다. 형편이 어려웠을 때 그녀의 고통은 주로 경제적인 것에 원인이 있었지만, 물질이 충족되고 나니 전에 보이지 않던 감정의 빈곤이 눈에 띄게 된 것이다. 이러한 진행은 극히 자연스럽고 정상적이며 예측 가능한 것이다.

물질적으로 꽤 풍족해졌는데도 그녀가 이따금 불행을 느끼기는 마찬가지였다. 크리스는 그녀가 불행해하는 이유를 도저히 알 수 없었다. 이제 남부럽지 않은 부를 누리게 되었으니 그녀는 당연히 늘 행복한 얼굴이어야 했다.

"돈 많은 여자의 마음을 완전히 이해해 줄 상대가 있다면 그것은 오직 돈 많은 정신과 의사뿐이다."

어떤 기사에선가 이런 문장을 본 기억이 난다. 여자가 돈이 많으면 사람들은 (특히 그녀의 연인은) 그녀에게 속상해할 권리를 주지 않는다. 그녀는 인생의 어느 항목에서든 더 많은 것을 요구할 권리가 없고, 파도와 같은 오르내림을 갖는 것도 허락되지 않는다.

경제적인 풍족함이 없었다면 그녀의 삶이 지금보다 훨씬 조악했을 것이기에 돈 있는 여자는 늘 만족감에 차 있을 거라고 사람들은 생각한다. 그러나 그런 생각은 실제와 거리가 있을 뿐 아니라 개인의 인격을 무시하는 것이기도 하다. 부와 지위, 명예나 배경과 상관없이 여자에게는 감정이 있고, 따라서 감정의 기복이 있는 것은 당연하다.

서로 다른 정서적 욕구 발견하기

우리는 남자와 여자가 서로 다른 정서적 욕구를 가지고 있다는 사실을 별반 느끼지 못한다. 따라서 우리는 이성인 상대방을 잘 보필하는 방법을 본능적으로 알지 못한다.

관계 속에서 남자들은 자기들이 받고자 하는 것을 여자들에게 주는 것이 보통이고, 이는 여자들도 다를 바 없다. 그들은 상대방이 자기와 똑같은 욕구와 갈망을 갖고 있을 것이라고 착각한다.

예를 들어, 여자는 상대를 보살피고 챙겨주기 위해 이것저것 많이 물어보고 그에 대해 염려하는 마음을 표현하면서 그것이 사랑이라고 생각한다. 이런 태도는 남자를 짜증스럽게 할 뿐이다. 그는 여자로부터 조종당하고 있다고 느끼고 거기에서 벗어나고 싶어할지 모른다. 여자는 만일 누군가가 자기에게 그런 염려를 해주고 보살펴 준다면 정말 고마울 터이기에, 남자의 그런 거부 반응에 혼란을 느낀다. 사랑을 베풀고자 하는 그녀의 노력이 상대로부터 무시당하는 것으로 끝나면 그나마 다행이고, 최악의 경우에는 상대를 짜증스럽고 화나게 만들기도 한다.

마찬가지로 남자들도 자기들은 사랑을 표현하는 것이라고 생각하겠지만, 그들이 사랑을 표현하는 방법은 여자의 감정을 무시하고 묵살할 뿐인 경우가 많다. 예를 들면 여자가 상심해 있을 때 남자는 그녀가 느끼는 문제의 중요성을 극소화하는 말을 함으로써 그녀를 위로하려고 한다.

남녀가 바라는 12가지 사랑의 빛깔

우리가 느끼는 감정의 욕구는 거의 사랑에 대한 욕구라고 보아도 좋을 것이다. 남자와 여자에게는 제각기 그 중요성에 있어 더하지도 덜하지도 않고 똑같은 여섯 가지의 독특한 사랑에의 욕구가 있다. 남자는 근본적으로 신뢰·인정·감사·찬미·찬성·격려를 필요로 하고, 여자는 관심·이해·존중·헌신·공감·확신을 얻고 싶어한다. 배우자가 무엇을 원하는지 알아내는 대대적인 작업은 이 12가지 상이한 사랑의 종류를 이해하고 나면 무척이나 간단해진다.

남자와 여자의 주된 사랑의 욕구

여자가 받고자 하는 것	남자가 받고자 하는 것
관심	신뢰
이해	인정
존중	감사
헌신	찬미
공감	찬성
확신	격려

1. 그녀는 관심을, 그는 신뢰를 필요로 한다

남자가 여자의 감정에 관심을 보이고 그녀의 행복을 진심으로 염려해 주면, 여자는 그가 자기를 사랑하고 소중히 생각하고 있다는 느낌을 받는다. 이렇게 관심을 가져 줌으로써 남자는 그녀의 첫 번째 주된 욕구를 충족시키는 데 성공한다. 그녀는 자연히 그를 더욱 신뢰하기 시작할 것이며, 상대를 믿을 때 그녀는 마음을 열고 그의 사랑을 받아들일 수 있게 된다.

여자가 자기를 향해 마음을 열고 사랑을 받아들이는 태도를 보이면, 남자는 그녀로부터 신뢰받고 있음을 느낀다. 남자를 신뢰한다는 것은 그가 최선을 다해 노력하고 있음을 믿는 것이다. 여자의 반응에서 그의 능력과 진심에 대한 긍정적인 믿음을 읽을 수 있다면 그의 첫 번째 주된 욕구가 충족된 것이다. 자동적으로 그는 그녀의 감정과 욕구에 한층 더 귀 기울이고 마음을 쓰게 될 수 있다.

2. 그녀는 이해를, 그는 인정을 필요로 한다

여자가 자기 감정을 표현할 때 남자가 이를 비판하지 않고 공감과 호응을 나타내며 들어주면, 그녀는 그가 자기를 이해하고 있다고 느낀다. 여기서 이해한다는 것은 상대가 어떤 생각을 하고 어떤 느낌을 갖고 있는지 벌써 다 알고 있는 듯한 태도를 취하는 것이 아니다. 그것은 상대로부터 들은 내용을 토대로 대화를 풀어나가는 것을 의미한다. 누군가에게 이야기하고 싶고 이해받고 싶다는 그녀의 욕구가 충족되면 될수록 그녀는 그가 필요로 하는 것, 즉 인정받고 싶다는 그의 욕구를 채워주기가 수월해진다.

여자가 남자를 변화시키려 하지 않고 있는 그대로의 그를 사랑으로 받아들일 때, 그는 그녀로부터 인정받고 있다고 느낀다. 그러나 그를 호의적으로 받아들이는 것이 그가 완벽하다고 생각한다는 뜻은 아니며, 단지 그가 자신의 향상을 스스로 이룩할 것이므로 그를 개선하려들지 않을 것임을 분명히 하는 것이다. 그녀가 자기를 인정하고 있다고 느낄 때, 남자는 그녀의 이야기에 귀를 기울여 주거나 그녀가 필요로 하고 또 받아 마땅한 이해를 그녀에게 보여주기가 한결 쉬워진다.

3. 그녀는 존중을, 그는 감사를 필요로 한다

남자가 여자의 권리와 욕구와 바람을 인정하고 그 해결을 우선적으로 배려하는 태도를 보일 때, 그녀는 상대로부터 존중받고 있다는 느낌을 받는다. 그의 행동이 그녀의 생각과 감정을 고려한 것일 때, 그녀는 그가 자기를 존중하고 있다는 확신을 얻는다. 꽃다발이나 기념일을 기억하는 등의 구체적이고 물질적인 표현은 여자들의 세 번째 사랑의 욕구를 충족시키는 데 필수적인 것이다. 여자가 존중받고 있음을 느낄 때 그녀가 그에게 감사를 표현하기가 훨씬 용이해진다.

남자가 애를 쓴 덕분에 자기가 개인적으로 도움을 받고 이익을 얻었음을 여자가 인정할 때, 남자는 그녀가 자신의 가치를 제대로 평가하며 고마움을 느끼고 있다고 생각하게 된다. 감사란 도움을 받았을 때 보이는 자연스러운 반응이다. 상대가 자기에게 감사를 표해 오면 남자는 자기 노력이 헛되지 않았음을 알고 더욱 분발하게 마련이다. 남자에게 고마움을 표시하면 그는 저절로 힘을 얻어 여자를 보다 존중할 의욕을 갖게 된다.

4. 그녀는 헌신을, 그는 찬미를 필요로 한다

남자가 여자의 욕구에 우선순위를 두고 그녀를 돕는 일에 긍지를 느끼면, 그녀의 네 번째 사랑의 욕구는 충족된 셈이다. 여자는 자기가 특별한 존재로 숭배되고 있음을 느낄 때 눈부시게 피어난다. 남자가 그녀의 감정과 욕구를 중요시하며 일이나 공부, 취미 생활과 같은 자신의 관심사보다 우위에 둘 때, 숭배의 대상이 되고 싶어하는 여자의 욕구는 충족된다. 자기가 그의 인생에서 가장 중요한 존재임을 느끼면 여자는 자연히 그를 찬미하게 된다.

여자에게 남자의 헌신을 받고 싶은 욕구가 있듯, 남자는 여자로부터 찬미의 대상이 되고 싶어한다. 남자를 찬미한다는 것은 경이와 기쁨, 그리고 즐거움으로 그를 바라보고 인정해 주는 것이다. 그의 유머와 힘, 강한 의지, 정직성과 성실성, 로맨틱함, 친절, 애정과 이해심, 그 외의 케케묵은 미덕이라도 여자가 그것을 독특한 특성으로 받아들이고 재능으로 생각해 기뻐하면, 남자는 그녀가 자기를 찬미하고 있다고 느낀다. 남자는 자기를 찬미하는 상대에게 마음놓고 모든 것을 바치며 숭배해 마지않는다.

5. 그녀는 공감을, 그는 찬성을 필요로 한다

남자가 여자의 감정에 이의를 제기하거나 시비를 걸지 않고 그 타당성을 기꺼이 인정해 주면, 여자는 다섯 번째의 주된 욕구가 충족되어 그로부터 사랑받고 있다는 느낌을 갖는다. 공감하는 태도란 여자에게 그렇게 느낄 권리가 있음을 인정하는 것이다(자기는 비록 다른 견해를 가지고 있더라도 그녀의 관점을 인정할 수 있다는 것을 기억하는 것이 중요하다). 여자로 하여금 자기의 이런 태도를 느끼게 할 수 있다면, 그는 자신의 주된 욕구 중 하나인 찬성을 보장받을 수 있다.

모든 남자들은 마음속 깊은 곳에 자기 여자의 영웅이 되거나 빛나는 갑옷을 입은 멋진 기사가 되고 싶은 욕망을 지니고 있다. 그가 그녀의 시험에 통과했음을 보여주는 신호는 바로 그녀의 찬성이다. 여자가 상대를 승인하는 태도를 보인다는 것은 그의 좋은 점을 인정하고 그에게 전반적으로 만족하고 있음을 표현하는 것이다(남자에게 찬성을 표한다는 것이 반드시 둘 사이에 견해 차이 없이 일치한다는 의미는 아니다). 승인하는 태도란, 그가 어떤 행동을 했다면 거기에는 충분히 그럴 만한 이유가 있었으리라고 생각하고 믿어주는 것이며, 여자가 이런 태도를 보일 때 남자 역시 그녀의 감정을 쉽게 인정할 수 있게 된다.

6. 그녀는 확신을, 그는 격려를 필요로 한다

남자가 여자에게 지속적으로 관심과 이해, 존중과 공감을 보여주고 기꺼이 헌신할 때, 확신을 얻고 싶다는 그녀의 기본 욕구가 충족된다. 남자의 이런 태도에서 여자는 그로부터 사랑받고 있다는 것을 느낀다.

남자가 흔히 저지르게 되는 실수는, 일단 그가 상대의 주된 사랑의 욕구를 충족시켜 주면 그녀가 마음놓고 행복감에 젖을 것이며 그 순간부터는 마땅히 자기가 사랑받고 있음을 알고 있으리라고 생각하는 것이다. 그러나 실은 그렇지가 않다. 그녀의 여섯 번째 사랑의 욕구를 충족시키려면 몇 번이고 되풀이해서 확신을 주어야 한다는 사실을 그는 명심할 필요가 있다.

그와 마찬가지로 남자들은 여자로부터 격려받고자 하는 주된 욕구를 지닌다. 상대를 격려하는 태도는 그의 능력과 인격에 신뢰를 표함으로써, 그에게 희망과 용기를 불어넣어 준다. 여자가 남자에게 신뢰와 인정, 감사와 찬미, 찬성을 보여줄 때 그는 세상의 무엇이든 할 수 있는 힘을 얻는다. 상대로부터 격려받고 있음을 느낀 남자는 그녀가 필요로 하는 사랑의 확신을 줄 마음을 갖게 된다.

여자들이 저지르는 말 실수

남자나 여자 모두 자신이 필요로 하는 사랑을 받지 못할 때 가장 마음의 상처를 받기 쉽다. 대개의 경우 여자들은 자기가 얼마나 남자의 마음에 상처가 되는 말을 하는지 느끼지 못한다.

그녀는 남자의 감정을 헤아리려고 애쓸지 모르지만, 그의 사랑의 욕구가 근본적으로 그녀와 다르기 때문에 그의 욕구를 본능적으로 알고 있지는 못한다.

특히 남자라면 누구나 가슴속 깊은 곳에 영웅이나 빛나는 갑옷을 입은 기사가 자리하고 있다. 무엇보다도 그는 자기가 사랑하는 여자를 섬기고 지켜주는 일을 여봐란 듯이 멋지게 해내고 싶어한다.

남자들이 주로 느끼는 사랑의 욕구를 이해하면 여자는 그의 불만이 어디에서 연유하는지 알 수 있게 되고, 그에 대해 좀더 민감해질 수 있다. 남자의 주된 사랑의 욕구와 관련해 여자들이 흔히 하게 되는 말의 실수를 열거해 보았다.

여자들이 저지르는 말 실수

여자들이 흔히 저지르게 되는 실수

- 그의 행동을 개선하려 하거나 그가 청하지도 않은 조언을 해 그를 도우려 한다.

- 자신의 부정적인 감정이나 속상한 마음을 이야기해 그의 행동을 제어하거나 바꾸려고 한다(감정을 이야기하는 것까지는 좋지만 상대를 조종하거나 징계하려고 해서는 안 된다).

- 그가 자기를 위해서 해준 일을 인정하지 않고, 지금껏 그가 해 온 일에 대해 불평한다.

- 그의 행동을 수정해 주고 마치 어린아이에게 하듯 그가 할 일을 지시한다.

- 다음과 같이 간접적이고 수사학적인 표현으로 자신의 상한 기분을 이야기한다. "당신 어떻게 그런 행동을 할 수가 있어요?"

- 그가 어떤 일을 결정하거나 주도적으로 일을 처리하면 그녀는 사사건건 이를 고치려 들고 비판한다.

남자들이 사랑받지 못하고 있다고 느끼는 이유

- 그녀가 자기를 더 이상 신뢰하지 않기 때문에 그는 사랑받지 못하고 있다고 느낀다.

- 그녀가 있는 그대로의 자기를 인정하지 않기 때문에 그는 사랑받지 못하고 있다고 느낀다.

- 자기가 해준 일에 대해 그녀가 고마워하지 않고 당연하게 여기기 때문에 사랑받지 못하고 있다고 느낀다.

- 그녀가 자기를 찬미하지 않기 때문에 그는 사랑받지 못하고 있다고 느낀다.

- 그녀가 자기 행동에 찬성하지 않기 때문에 그는 사랑받지 못하고 있다고 느낀다.

- 그 스스로 일을 해결할 수 있도록 격려하지 않는 그녀의 행동에서 그는 사랑받지 못하고 있다고 느낀다.

남자들이 저지르는 말 실수

남자들의 기본적인 욕구를 이해하지 못할 때 여자가 실수하기 쉽듯 남자들 역시 여자의 욕구를 이해하지 못해 실수를 저지른다.

그들은 자기들이 여자를 무시하거나 그녀에게 하등 위안이 되지 않는 말투를 사용하고 있음을 인식하지 못한다.

설령 그녀가 자기로 인해 불행을 느낀다는 것을 알고 있다 하더라도, 그녀가 왜 사랑을 못 받고 있다고 느끼는지, 또 그녀가 원하는 것이 무엇인지 모른다면 그는 좀처럼 접근 방법을 바꿀 수가 없다.

여자들이 어떤 사랑을 원하는지 이해함으로써 그는 그녀의 욕구에 보다 민감해질 수 있고 그것을 존중할 수 있다. 여자의 주된 사랑의 욕구와 관련해 남자들이 저지르는 말의 실수를 열거해 보았다.

남자들이 저지르는 말 실수

남자들이 흔히 저지르게 되는 실수

- 이야기에 귀를 기울이지 않는다. 듣더라도 건성으로 듣다가 이내 관심을 다른 데로 돌려 버리기 일쑤이고, 질문을 해서 관심을 표명하는 일도 없다.

- 그녀의 감정을 곧이곧대로 받아들이고 그녀의 틀린 생각을 바로잡아 주려고 한다. 그녀가 해결책을 구하는 것으로 생각해 조언을 해준다.

- 이야기를 듣다가 화를 내거나 혹은 그녀가 자기 기분을 뒤집어 놓았다고 불평을 한다.

- 그녀의 감정과 욕구를 중요하게 생각하지 않는다. 그에게는 아이들이나 일이 더 소중하다.

- 기분이 언짢은 그녀에게 화를 내는 것이 왜 부당한지, 어째서 자기가 옳은지 설명하려 한다.

- 이야기를 듣고 나서 아무 말도 하지 않거나 혹은 그냥 다른 데로 가버린다.

여자들이 사랑받지 못하고 있다고 느끼는 이유

- 그가 이야기를 주의깊게 듣지 않고 관심도 보이지 않으므로 그녀는 사랑받지 못하고 있다고 느낀다.

- 그가 자기를 이해하지 못하기 때문에 그녀는 사랑받지 못하고 있다고 느낀다.

- 그가 자기 기분을 존중하지 않기 때문에 그녀는 사랑받지 못하고 있다고 느낀다.

- 그가 자기에게 헌신하거나 자기를 특별한 존재로 여기지 않기에 그녀는 사랑받지 못하고 있다고 느낀다.

- 그가 자기 감정에 수긍하지 않고 오히려 부당함을 증명하려 애쓰기 때문에 그녀는 사랑받지 못하고 있다고 느낀다.

- 자기에게 필요한 확신을 얻지 못한 그녀는 불안을 느낀다.

여자가 말할때화내지 않고 듣는 법

남자가 여자의 근본적인 사랑의 욕구를 충족시킬 수 있는 최고의 방법은 대화이다. 앞서 말했지만 금성에서는 대화가 무엇보다 중요시된다. 여자의 감정에 귀를 기울이는 방법을 익힘으로써 그는 관심과 이해, 존중과 헌신, 공감과 확신을 그녀에게 효과적으로 줄 수 있다.

　여자의 이야기를 들어줌에 있어 남자들이 느끼는 가장 큰 어려움 가운데 하나는, 여자들은 금성에서 온 존재들이므로 의사 전달 방식이 자기들과 다르다는 사실을 잊어버린 채 그들의 이야기에 불만을 갖거나 화를 내게 된다는 것이다. 아래에서는 이러한 차이를 기억하고 대화에 임하는 방법 등을 개략적으로 설명하고 있다.

　남자가 실망하거나 화내지 않고 여자의 감정에 귀기울여 주는 것만큼 더 이상 그녀에게 근사한 선물이 없다. 그것은 그녀로 하여금 마음놓고 자기 자신을 표현하도록 도와주는 것이며, 그가 자기 이야기를 들어주고 자기를 이해해 주고 있다는 느낌이 들면 들수록 그녀 역시 그가 원하는 신뢰 · 인정 · 감사 · 찬미 · 찬성 · 격려의 사랑을 더욱 풍부하게 줄 수 있을 것이다.

여자의 이야기를 들어줌에 있어 남자들이 느끼는 가장 큰 어려움 가운데 하나는, 여자들은 금성에서 온 존재들이므로 의사 전달 방식이 자기들과 다르다는 사실을 잊어버린 채 그들의 이야기에 불만을 갖거나 화를 내게 된다는 것이다.

화내지 않고 이야기를 들어 주려면

기억하고 있어야 할 것

- 그녀의 관점을 이해하지 못하기 때문에 화가 나는 것임을 기억하라. 이것이 그녀의 잘못은 아니다.

- 감정이 꼭 사리에 맞으란 법은 없으며, 이치에 닿지 않는 감정도 얼마든지 존재할 수 있고 공감될 수 있음을 기억하라.

- 당신이 화내는 것은 문제를 해결할 방법을 모르기 때문일 수도 있음을 기억하라. 설령 당장은 그녀의 기분이 나아지지 않더라도 당신이 이야기를 들어주고 이해해 주는 것이 그녀에게 도움이 될 것이다.

- 당신의 관점이 꼭 그녀의 관점과 일치해야만 그녀의 이야기에 귀기울일 수 있다거나 그녀를 이해할 수 있는 것은 아님을 기억하라.

- 훌륭한 대화 상대자가 되려면 그녀의 관점을 완벽하게 이해해야 한다는 생각은 오해임을 기억하라.

- 그녀의 감정 상태를 일일이 당신이 책임질 필요는 없다는 것을 기억하라. 얼핏 그녀의 말이 당신을 비난하는 것처럼 들릴지도 모르지만 그녀가 진정으로 원하는 것은 당신의 이해이다.

해야 할 것과 해서는 안 되는 것

- 이해는 당신의 몫이며, 당신의 기분이 상했다고 그녀를 비난하지 마라. 이해해 보려고 노력하면서 다시 시작하라.

- 호흡을 길게 하면서 아무 말도 하지 마라! 마음을 느긋하게 갖고 상황을 다잡겠다는 생각을 버려라.

- 해결책을 일러주었는데도 왜 기분이 회복되지 않느냐고 그녀를 다그치지 마라. 그녀에게 필요한 것은 해결책이 아닌데 어떻게 기분이 좋아질 수 있겠는가? 해결책을 제시해야 한다는 강박관념을 떨쳐 버려라.

- 만일 당신의 관점이 그녀와 다르다면 그녀의 말이 끝날 때까지 기다렸다가 그녀의 관점을 한 번 되짚어주고 나서 자기 생각은 이러이러하다고 이야기하라. 목소리를 높이지는 마라.

- 당신이 지금은 이해할 수 없지만 이해하려고 노력하고 있다는 것을 그녀가 알게 하라. 당신이 이해하지 못하는 것이 그녀의 책임은 아니므로 그녀를 비난하거나 탓하지 마라.

- 자기 방어를 자제하면서 당신이 그녀를 이해하고 염려하고 있다는 것을 그녀가 느낄 때까지 기다려라. 그러고 나서 조용히 자기 자신을 설명하거나 변명해도 늦지 않다.

남자의 기운을 북돋우는 기술

남자들이 여자의 기본적인 사랑의 욕구를 충족시키기 위해서 이야기를 듣는 기술을 터득할 필요가 있듯이, 여자들은 남자들의 기운을 북돋워 주는 기술을 익힐 필요가 있다. 남자는 상대가 자기를 신뢰하고 인정하며, 감사하고 찬미하며, 찬성과 격려를 보낼 때 힘을 얻는다.

남자의 기운을 북돋워 주는 비결은 그를 변화시키거나 개선하려고 절대 노력하지 않는 것이다. 그에게 변화되기를 바라는 부분이 틀림없이 있겠지만 그렇더라도 그 바람에 따라 행동하지는 마라. 그가 변화를 위한 조언에 마음을 여는 것은 오로지 그 자신이 직접 조언을 요청했을 때뿐이기 때문이다.

충고보다는 신뢰를 보여 줘라. 금성에서는 조언해 주는 것이 사랑의 표현으로 받아들여진다. 하지만 화성에서는 그렇지 않다. 화성인들은 직접적인 요청 없이는 조언을 하지 않는다는 것을 여자들은 기억할 필요가 있다. 화성에서는 자기 문제는 스스로 해결할 수 있으리라고 믿어주는 것이 사랑을 표현하는 방식이다.

이것은 여자가 자신의 감정을 억압해야 한다는 의미는 아니다. 기분이 상하거나 심지어 화를 내는 것도 좋지만, 단 그를 변화시키려고 하지는 말아야 한다. 그를 변화시켜 보려는 시도는 어떤 것이든 도움이 되지 않는다.

남자의 기운을 북돋워 주는 비결은 그를 변화시키거나 개선하려고 절대 노력하지 않는 것이다. 그에게 변화되기를 바라는 부분이 틀림없이 있겠지만 그렇더라도 그 바람에 따라 행동하지는 마라.

기분이 상하거나 심지어 화를 내는 것도 좋지만, 단 그를 변화시키려고 하지는 말아야 한다.

금성에서는 조언해 주는 것이 사랑의 표현으로 받아들여진다. 하지만 화성에서는 그렇지 않다. 화성인들은 직접적인 요청 없이는 조언을 하지 않는다는 것을 여자들은 기억할 필요가 있다.

두 부류의 남자, 행동은 한가지

남자의 유형에는 두 가지가 있다. 하나는 여자가 그를 변화시키려 할 때 믿을 수 없을
만큼 고집스럽고 완강하게 저항하는 스타일이고, 다른 하나는 너무나 순순히 이를 받아
들이지만 곧 잊어버리고 예전의 행동으로 되돌아가곤 하는 스타일이다.

적극적 저항이든 소극적 저항이든 결국 저항이기는 마찬가지다. 자신의 있는
그대로의 모습이 상대로부터 사랑받지 못한다고 느끼면, 남자는 상대가 용인
하지 않는 행동을 의식적이든 무의식적이든 자꾸만 되풀이한다. 그는 상대가
자기를 인정하고 사랑할 때까지 그 행동을 계속해야 할 것 같은 강박관념에
사로잡히게 된다.

남자가 스스로를 향상시키기 위해서는 상대가 그를 받아들이고 사랑하고
있다는 느낌이 있어야 한다. 그렇지 않다면 그는 자신을 방어하려 하고 같은
모습을 고수하려 할 뿐이다. 있는 그대로의 모습으로 받아들여지고 있다고 느
끼면 그때는 남자 스스로 개선책을 모색하게 될 것이다.

LOVE LESSON 62
남자를 변화시키려는 노력은 헛수고다

남자들은 화성인의 눈으로 세상을 바라본다. 그들의 모토는 '고장나지 않은 한 고치지 마라'는 것이다.

여자가 남자를 자꾸만 변화시키려 들면, 그는 그녀가 자기를 고장난 물건 취급을 하고 있다고 생각한다. 이것은 남자에게 상처가 될 뿐 아니라 남자를 지극히 방어적인 사람으로 만드는 일이다.

남자에게는 자신의 불완전함과 관계없이 인정받고 싶다는 욕구가 있다. 어떤 사람의 결점을 있는 그대로 수용하기란 쉬운 일이 아니며, 그가 그 결점을 고치고 더 나은 사람이 될 수 있는 길이 명확히 보일 때는 더욱더 그렇다. 그러나 그의 성장을 돕는 최상의 방법은 어떤 식으로든 그를 변화시키겠다는 생각을 버리는 것임을 이해한다면 사실 그리 어려울 것도 없는 일이다.

다음에 제시한 것은 여자가 어떤 식으로든 남자를 변화시키겠다는 생각을 버림으로써 그의 성장과 변화를 돕는 방법들이다.

남자를 변화시키려는 노력 그만두기

여자가 기억해야 할 것

- 그가 기분이 상해 있을 때 너무 많은 것을 묻지 마라. 그는 당신이 자기를 변화시키려 한다고 느낄 것이다.

- 청하지도 않은 조언을 하면 그는 당신이 자기의 능력을 의심하고 거부하고 조종하려 한다고 느낄지 모른다.

- 남자가 완강한 태도로 변화를 거부할 때는 상대의 사랑을 느끼지 못하는 때이다. 그는 사랑받지 못하게 될까 봐 자기 잘못을 인정하기를 두려워한다.

- 만일 당신이 스스로를 희생하면서 그도 그러하기를 기대한다면, 그는 당신이 변화를 강요하고 있다고 느낄 것이다.

- 그를 변화시키려 하지 않고도 얼마든지 자기 감정을 이야기할 수 있다. 당신이 있는 그대로의 그를 인정할 때 그는 보다 기꺼이 이야기를 들어줄 수 있게 된다.

- 만일 당신이 그에게 지시하거나 그 대신 결정을 내리면, 그는 당신에게 좌지우지되고 있다고 느낀다.

그녀가 취할 수 있는 행동

- 그 스스로 당신에게 이야기하고 싶어하지 않는 한 그의 기분을 모른체하라.

- 자기에게 필요한 것이라면 그 스스로 터득할 것이라는 믿음과 인내심을 가져라. 그가 조언을 구할 때까지 기다려라.

- 그가 완벽한 사람이어야만 당신의 사랑을 받을 수 있는 것이 아님을 그가 알게 하라. 사소한 일부터 용서하는 것을 익혀라.

- 당신 자신을 위해서 무언가를 해 보라. 그에게만 매달려 행복을 구하지 마라.

- 당신의 감정을 이야기할 때 그것은 그에게 이러이러하게 하라고 지시하려는 게 아니라 당신의 감정을 고려해 달라는 뜻임을 분명히 하라.

- 마음을 편히 갖고 순리에 따르라. 그의 결점을 받아들이는 연습을 하라. 완전무결함보다 그의 감정을 중시하고, 그에게 훈계하거나 힐난하지 마라.

어떻게 언쟁을 피할까

애정 관계에서 부딪치게 되는 가장 어려운 문제들 가운데 하나는 의견의 차이와 불일치를 어떻게 다루느냐 하는 것이다.

두 사람이 어떤 문제에 대해 생각을 달리할 때 의논은 언쟁이 되고, 언쟁이 급기야는 싸움으로 번지는 때가 가끔 있다.

싸움이 시작되면 그들은 자연히 상대방을 비난하고 불평하고 나무라고 요구하고 원망하고 의심하며, 서로에게 거친 말을 내뱉음으로써 상처를 입히기 시작한다.

이러한 입씨름은 그들의 감정을 상하게 할 뿐만 아니라 그들의 관계에도 손상을 입힌다. 대화는 인간 관계에 있어 가장 중요한 요소이지만 언쟁은 가장 파괴적인 요소이며, 우리가 누군가와 가까우면 가까울수록 그로 인해 상처를 받고 상처를 주기가 점점 더 쉬워진다.

그러므로 나는 어떻게든 언쟁은 피해야 한다고 강력히 주장한다. 두 사람이 성적으로 아무런 관계가 아닐 때는, 설령 토론을 하거나 언쟁을 벌여도 객관적이고 이성적인 태도를 유지하기가 쉽다.

그러나 감정적으로, 특히 성적으로 결합되어 있는 두 남녀가 언쟁을 벌이게 되면 모든 상황을 지나치게 개인적으로 받아들이려는 경향을 보인다.

언쟁은 절대로 삼갈 것, 이것이 하나의 기본 지침이다. 언쟁하는 대신 문제의 이해득실을 따져 보라.

당신이 원하는 것을 얻기 위해 협상하되 언쟁하지는 마라. 언쟁하거나 싸우지 않고도 얼마든지 정직하고 솔직하게 자기의 부정적인 감정을 이야기할 수 있다.

어떤 커플은 눈만 뜨면 싸운다. 그들의 사랑은 조금씩 조금씩 사그라든다. 그 정반대의 경우로, 부딪치기 싫어 싸움을 피하려고 속마음을 감추고 자기 감정을 억압하는 사람들도 더러 있다. 진심을 감추다가 결국 그들은 사랑의 감정까지 잃어버리게 된다. 전자가 전쟁을 치르고 있는 것이라면 후자는 냉전중인 셈이다.

위의 양 극단 사이에서 균형을 유지하는 커플이 가장 이상적이다. 남녀가 서로 다른 행성에서 왔음을 기억하고 효과적인 대화술을 개발함으로써, 우리는 부정적인 감정을 억누르지 않고도 언쟁을 피해 갈 수 있을 것이다.

당신이 원하는 것을 얻기 위해 협상하되 언쟁하지는 마라. 언쟁하거나 싸우지 않고도 얼마든지 정직하고 솔직하게 자기의 부정적인 감정을 이야기할 수 있다.

왜 언쟁은 해로운가

마음에 상처를 주는 것은 우리가 무엇을 말하느냐가 아니라 어떻게 말하느냐 하는 것이다.

상대방으로부터 도전받고 있다고 느끼면 남자들은 자기가 옳다는 데에 신경을 집중한 나머지 사랑하는 마음 따위는 잊어버리는 것이 보통이다. 그러니 자연히 상대를 안심시키는 부드러운 목소리로 예의바르게 이야기하는 그의 능력이 감퇴한다. 그는 자신의 이런 말투가 얼마나 무정하게 들리는지, 여자에게 얼마나 큰 상처가 되는지 인식하지 못한다.

그럴 때 여자들에게는 사소한 의견 차이가 공격으로 받아들여질 수 있고, 요청이 명령으로 들릴지도 모른다. 그녀는 다른 때 같으면 충분히 받아들일 수 있는 내용이라도 이런 식의 애정 없는 접근 방식으로 인해 그의 말에 거부감을 갖게 된다.

상대를 배려하지 않는 무정한 말투로 자기도 모르게 그녀에게 상처를 입힌 남자들은 한술 더 떠서 그녀가 왜 기분 나빠해서는 안 되는지 조목조목 설명한다. 그는 자기가 한 말을 그녀가 못마땅하게 여기고 있다고 생각하겠지만, 사실 그녀가 언짢아하는 것은 그의 애정 없는 말투이다. 그녀의 반응을 이해하지 못하는 그는 말투를 고칠 생각은 전혀 안 하고 자기 말이 왜 옳은지 기를 쓰고 설명하려 한다.

그는 언쟁을 시작하는 것이 자기라는 것을 모른다. 오직 그녀의 탓이라고 생각한다. 그는 자신의 관점을 옹호하고, 그녀는 그의 날카로운 말투로부터 상처받지 않기 위해 자기 자신을 옹호한다.

남자가 여자의 감정을 고려하거나 존중하지 않을 때, 그는 그 감정의 부당함을 지적함으로써 그녀를 더욱 불쾌하게 한다. 자기 같으면 무정한 말투에 그렇게까지 마음이 상하지 않을 것이기에 그는 그녀의 반응을 이해하지 못한다. 그 결과 남자는 자기가 상대에게 얼마나 깊은 상처를 주었는지조차 느끼지 못하고, 이는 그녀를 화나게 해 더욱 도발적으로 만든다.

마찬가지로 여자들 역시 남자에게 상처를 주면서도 그것을 깨닫지 못한다. 남자들과 달리 그들은 상대로부터의 도전을 느끼면 자기도 모르게 거부하고 불신하는 말투를 쓰게 된다. 그가 감정적으로 그녀와 밀접한 관계일 때는 특히 그런 말투에 상처받기 쉽다.

여자들은 상대의 행동에 대한 자신의 부정적인 느낌을 이야기하고 그가 청하지 않은 조언을 함으로써 언쟁에 불을 당긴다. 만일 그녀가 그를 인정하고 신뢰하고 있다는 뜻을 전해 자신의 부정적인 느낌이 주는 충격을 부드럽게 하지 않는다면, 그는 거부적인 태도로 나올 것이고 그녀를 당혹스럽게 할 것이다. 하지만 그녀는 자신의 불신이 그에게 얼마나 상처가 되는지 여전히 깨닫지 못한다.

언쟁을 피하기 위해 우리가 기억해야 할 것은, 상대방이 못마땅해 하는 것은 말하는 내용이 아니라 말을 하는 방법, 즉 태도라는 사실이다. 언쟁은 두 사람이 하지만 그 언쟁을 멈추는 일은 한 사람이면 된다. 언쟁을 그만두는 최선의 길은 그것을 미연에 방지하는 것이다. 의견의 차이가 언쟁으로 발전하는 상황에 대해 자신의 책임을 인정하라. 잠시 말을 멈추고 타임 아웃을 선언하라. 당신이 상대방을 어떻게 대했는지, 상대방이 필요로 하는 것을 주지 못하지는 않았는지 다시 한 번 생각해 보라. 그리고 얼마간의 시간이 흐른 뒤 처음부터 다시 시작하되, 예의바르고 애정 어린 말투로 이야기하라. 대화를 다시 열기에 앞서 가진 잠시 동안의 휴식이 우리의 마음을 가라앉혀 주고 상처를 어루만져, 여유를 갖고 상대방을 대할 수 있게 될 것이다.

상처받지 않기 위한 네 가지 자세

언쟁으로 상처받는 것을 피하기 위해 사람들이 취하는 자세에는 기본적으로 네 가지가 있다. 싸우고(fight), 도피하고(flight), 가장하고(fake), 접어두는(fold) '4F'가 그것이다. 이 각각의 자세는 단기적으로는 도움이 될지 모르지만 긴 안목으로 보면 모두 역효과를 초래하는 것들이다. 그럼 하나하나의 자세를 살펴보기로 하자.

1. 싸우기

이것은 화성에서 온 태도이다. 어떤 사람들은 대화가 조금이라도 빗나가거나 상대가 자기 생각에 동조하지 않으면 본능적으로 싸울 태세를 갖추고 공격을 개시한다. "강한 공격이 최상의 수비다." 이것이 그들의 좌우명이다. 그들은 주로 상대방이 잘못한 것으로 보이게 하려고 비난하고 힐책하고 비판하는 등 닥치는 대로 휘둘러친다. 그들은 있는 그대로 소리를 지르기 시작하고, 화난 감정을 마구 쏟아낸다. 그들이 그런 행동을 하는 내적인 동기는 자기 배우자를 협박해 고분고분하게 자기를 사랑하도록 만들기 위함이다. 상대방이 잘못을 시인하고 항복하면 그들은 자기가 이겼다고 생각하지만 사실 그들은 패배한 것이다.

2. 도피하기

이 자세 역시 화성에서 유래한 것이다. 정면대결을 피하기 위해 화성인들은 동굴 속으로 들어가서 나오지 않는다. 이것은 일종의 냉전이다. 그들은 대화를 거부하고, 그런 만큼 해결되는 것은 아무것도 없다. 이같은 소극적 공격 양상은 중간에 휴식 시간을 가졌다가 다시 나와, 보다 애정 깊은 태도로 문제를 해결하는 것과는 근본적으로 다르다.

이런 화성인들은 정면대결이 귀찮고 두려운 나머지 언쟁을 불러일으킬 소지가 있는 어떤 화제도 회피하려고 납작 엎드려 있으려 한다. 그들의 관계는 살얼음판을 걷는 것과 같아서 언제 깨질지 모른다. 여자들이 그들의 이런 태도에 불만을 터뜨려도 그들은 쉽사리 고치려 하지 않는다. 이것은 남자들 속에 깊이 뿌리박힌 것이어서 그들 자신은 심각성을 느끼지 못한다.

말다툼을 하기보다는 차라리 입을 다물어 버리려는 커플들이 있다. 그들은 상대에 대한 사랑을 철회함으로써 자기가 원하는 것을 얻어내고자 한다. 그들은 싸움을 해서 상대방에게 직접적인 타격을 가하지는 않지만 상대가 마땅히 받아야 할 사랑을 주지 않음으로써 암암리에 상대방에게 상처를 입힌다.

가는 것이 적으면 당연히 오는 것도 적어진다. 이렇게 해서 당장은 평온이 찾아오고 화합이 이루어진 듯할지 모르지만 문제를 그대로 덮어두고 불쾌한 감정을 방치하면 원망이 점차 쌓여 간다.

3. 가장하기

　　이러한 자세는 금성의 것이다. 이런 사람은 정면대결이 가져올 상처가 두려워 마치 아무런 문제가 없는 척 행동한다. 그녀는 얼굴에 웃음을 띠고, 만사가 순조롭다는 듯 행복하고 유쾌한 표정을 연출한다. 그러나 시간이 흐르면 이런 여자들의 가슴속에는 원망이 쌓이게 된다. 자기는 늘 베풀기만 하고 상대로부터 받지 못했다는 생각이 드는 것이다. 이러한 원망은 자연스러운 사랑의 표현을 가로막는다.

　　그들은 자기 감정을 솔직히 표현하기가 두려워 만사가 '순조롭고 아무런 문제도 없고 기분 좋은' 것처럼 보이려고 애쓴다. 남자들도 그런 표현을 할 때가 종종 있지만 그들의 경우는 사뭇 다르다. 그들은 "별일 아니니 나 혼자서도 처리할 수 있어요"라든가 "내가 해결 방법을 아니까 아무런 문제가 안 돼요" 또는 "내가 해결할 테니 걱정 말아요. 도움은 필요 없어요"라는 의미로 그런 표현을 사용한다. 이와 달리 여자들이 그런 말을 할 때는 언쟁이나 마찰을 피해 보려는 신호로 보아도 좋을 것이다.

4. 접어 두기

이 역시 금성에 뿌리를 두고 있는 자세이다. 시시콜콜 시비를 따지느니 차라리 양보하고 마는 것이 이런 사람들의 행동 양식이다. 상대방을 언짢게 하는 것이 무엇이든 그들은 스스로 책임을 뒤집어쓴다. 언뜻 보면 그들은 매우 애정이 깊고 상대를 배려하는 바람직한 관계를 가꿔가는 듯해도 결국에 가서는 자기 자신을 잃어버리게 된다.

한 번은 어떤 남자가 자기 아내에 대해 이런 불만을 호소해 왔다.

"저는 아내를 무척 사랑하고 있습니다. 그녀는 제가 원하는 것이라면 무엇이든 들어주는 여자예요. 제게 오직 하나 불만이 있다면, 그것은 제 아내가 행복하지 않다는 것입니다."

그의 아내는 남편을 위해 20여 년간 자신을 부인하며 살아온 여자였다. 그들은 단 한 번도 싸움이라는 걸 해 본 적이 없었다. 만일 그들 부부의 관계에 대해 묻는다면 그녀는 이렇게 대답할 것이다.

"저희는 금실이 썩 좋은 부부예요. 남편은 정말 애정이 깊은 사람이죠. 문제는 저예요. 까닭없이 자꾸만 우울해지거든요."

그것은 그녀가 20여 년간 감정을 삭이며 살아온 결과이다.

이런 사람들은 상대방을 기쁘게 해주기 위해 그가 무엇을 바라는지 직관으로 헤아려 자기 자신을 그 틀에 끼워 맞춘다. 결국 그들에게는 사랑을 위해 자신을 포기한 데 대한 원망이 남게 된다.

남자들이 언쟁을 하는 숨겨진 이유

남자들은 차이와 이견을 훌륭하게 처리하기 위해서는 그의 감정적인 욕구가 충족되어야 한다. 그러나 사랑받지 못하고 있다는 느낌은 그로 하여금 방어 자세를 갖추게 하고, 인간성의 어두운 측면이 고개를 들어 본능적으로 검을 빼게 된다.

표면적으로는 그가 돈이나 책임감 등의 문제로 언쟁을 벌이는 것처럼 보일지 모르지만, 그가 검을 뺀 진짜 이유는 사랑받지 못하고 있다는 느낌 때문이다. 남자가 돈이나 스케줄 작성, 아이들 문제 등으로 말다툼할 때 그의 마음 속에는 다음과 같은 이유가 몰래 도사리고 있는 것이다.

남자들이 언쟁을 하는 숨겨진 이유

남자가 언쟁하는 숨겨진 이유

- "제가 이러이러한 일을 했다거나 하지 않았다는 별것도 아닌 이유로 그녀가 언짢아하는 건 싫어요."

- "그녀가 제게 일을 처리하는 요령을 일러줄 때는 정말 싫습니다. 제가 마치 어린애가 된 기분이고 별 볼일 없는 남자로 취급되는 것 같거든요."

- "그녀가 자신의 불행에 대해 저를 탓하는 건 싫습니다. 빛나는 갑옷을 입은 그녀의 기사가 될 용기를 잃어버리거든요."

- "자기가 바라는 대로 말하고 바라는 대로 행동하기를 제게 요구하는 것은 참을 수 없습니다. 그녀가 저를 존중하지 않는다는 생각이 드니까요. 믿지 못하는 것 같아서요."

- "제가 하는 말로 인해서 그녀가 상처받는 것이 싫습니다. 그녀가 저를 믿지 못하고 오해하고 멀리하려는 것처럼 느껴지거든요."

- "그녀가 말을 하지 않아도 제가 그녀의 마음을 알고 있으리라고 기대하는 것이 싫어요. 저는 할 수가 없어요. 그런 기대는 제가 부족하고 서투른 사람처럼 느껴지게 하죠."

그가 원하는 것

- 그는 있는 그대로의 모습으로 받아들여지기를 원한다. 그런데 그녀가 자기를 조종하려 한다는 느낌이 든다.

- 그는 칭찬받고 싶어한다. 그런데 그녀가 자기를 과소평가하는 것 같은 생각이 든다.

- 그는 격려받기를 원한다. 그런데 그녀가 그렇게 나오면 포기하고 싶어진다.

- 그는 있는 그대로의 자기 모습을 인정받기를 원한다. 그녀가 자기를 조종하려 한다거나 말을 하도록 강요하고 있다고 느껴지면 그는 아무 할 말이 없어진다. 그는 영원히 그녀를 만족시킬 수 없을 거라고 생각한다.

- 그는 신뢰받고 인정받기를 원한다. 그런데 그녀가 상처를 받으면 그는 그녀로부터 용서받지 못하고 거부당한 듯한 느낌을 받게 된다.

- 그는 그녀로부터 좋게 받아들여지고 싶고, 인정받고 싶어한다. 그러나 그는 실패자가 된 것 같은 느낌을 받는다.

169

여자들이 언쟁을 하는 숨겨진 이유

여자들도 언쟁을 부추기는 데 한몫 하지만 그 원인은 남자들의 경우와 다르다. 그녀는 겉으로 보기에는 경제적인 문제나 책임감 같은 것 때문에 다투고 있는 것 같아도 속을 들여다보면 다음과 같은 이유로 언쟁하고 있는 것이다.

이 모든 고통스러운 느낌과 욕구들이 타당한 것임에도 불구하고 대화의 주제로 직접 다루어지지 않는 것이 보통이다. 대신에 그것들은 가슴속에 차곡차곡 쌓여 있다가 언쟁할 때 감정이 격해지면 걷잡을 수 없이 터져 나온다. 어떤 때는 직접 말로 표현되기도 하지만 대개의 경우에는 얼굴 표정과 몸짓, 목소리의 톤으로 나타나게 된다.

우리는 이성의 독특한 감수성을 이해하고 서로 돕는 것이 필요하므로, 그것에 대해 화를 내서는 안 된다. 상대방의 감정적인 욕구를 충족시킬 수 있는 방법으로 이야기하도록 노력함으로써 당신은 말투 때문에 기분 상하는 일 없이 본질적인 문제에 접근할 수 있을 것이다.

여자들이 언쟁을 하는 숨겨진 이유

여자가 언쟁하는 숨겨진 이유

- "제가 해 달라고 부탁한 것을 그가 잊어버리는 건 싫어요. 자꾸 얘기하면 바가지나 긁는 여자가 된 기분이고, 그의 도움을 구걸하고 있다는 생각이 들거든요."

- "제가 기분 상해한다고 그가 나무라는 것이 싫습니다. 그의 사랑을 받으려면 완벽한 여자가 되어야 할 것 같이 생각되니까요. 하지만 저는 완벽하지 못해요."

- "그가 목소리를 높여서 자기가 왜 옳은지 조목 조목 열거하기 시작할 때는 정말 싫어요. 제가 형편없는 여자처럼 느껴지고 또 그가 제 관점을 전혀 고려하지 않는 것 같아서 불쾌해요."

- "제가 하는 말이나 질문에 그가 아무런 대꾸도 하지 않을 때는 정말 화가 나요. 저는 아예 존재조차 없는 것처럼 느껴지거든요."

- "제가 걱정을 하거나 화를 내거나 언짢아할 때 그럴 이유가 없다고 저를 설득하려 하는 게 싫어요. 제 마음을 몰라주는 것 같아 속상해요."

- "그가 제게 좀 초연해져 보라고 말할 때가 전 싫어요. 제가 어떤 감정을 갖는다는 것이 잘못인 양 느껴지거든요."

그녀가 원하는 것

- 그녀는 그가 자기 말을 기억하고 존중해 주기를 바란다. 그러나 그의 우선순위에서 맨 마지막에나 자리한 하찮은 존재로 취급되고 있다고 느낀다.

- 그녀는 그가 자기의 속상한 마음을 이해해 주길 바란다. 자기가 완벽한 사람이 아니어도 그로부터 변함없이 사랑받고 있다는 확신을 얻고자 한다. 그러나 본래 모습대로 행동하는 데 대해 불안감을 갖고 있다.

- 그녀는 이해받고 존중되기를 원한다. 그러나 그는 이야기에 귀를 기울이지도 않고 자기가 옳다고 그녀를 깎아 내리려고 한다.

- 그녀는 그가 자기 이야기에 관심을 갖고 듣고 있었다는 믿음을 갖고 싶어한다. 그러나 그의 이러한 반응은 그녀가 무시당하고 있다고 느끼게 한다.

- 그녀는 그의 공감과 이해를 얻고 싶어한다. 하지만 그녀는 그에게서 사랑받지 못하고 내버려진 듯한 느낌을 받게 된다.

- 특히 그녀가 자기 감정을 이야기할 때, 그녀는 그가 자기를 소중하게 생각하고 존중하고 있다는 느낌을 갖고 싶어한다. 그러나 그녀는 지켜주는 사람이 없다는 불안함을 느낀다.

언쟁의 해부학적 구조

서로에게 상처가 되는 언쟁은 해부학적으로 하나의 기본적인 틀을 가지고 있는 것이 상례이다.

언쟁의 해부학적 기본형을 자세히 살펴보기로 하자.

여자가 'XYZ'에 대해 자신의 언짢은 감정을 표현한다.

⇩

남자는 그녀가 'XYZ'에 대해 기분 나빠해서는 안 되는 이유를 설명한다.

⇩

공감을 얻지 못했다고 느낀 그녀는 기분이 더욱 언짢아진다.
(이제는 'XYZ' 보다도 그가 자기 기분을 알아주지 않는 것이 더 화가 난다.)

⇩

그녀가 자기 말에 수긍하지 않는다고 느낀 그는 기분이 상한다.
그는 자기 속을 뒤집어놓은 그녀를 나무라고, 화해하기에 앞서
그녀의 사과를 기대한다.

⇩

그녀는 사과를 하고 일이 왜 이렇게 됐는지 생각해 보거나,
또는 그녀도 더욱 기분이 나빠져 언쟁이 결국 싸움으로 번진다.

남자들은 좀처럼 "미안해"라고 말하지 않는다. 왜냐하면 화성에서는 그 말이 무엇인가를 잘못해서 사과하고 있다는 뜻으로 받아들여지기 때문이다.

하지만 가끔은 사과한다는 것이 아주 힘들 때가 있다. 그럴 때는 숨을 깊이 쉬면서 아무 말도 하지 않는다. 그러면서 속으로 가만히 그녀의 기분을 헤아려보고 그녀의 입장에서 생각해 본다. 그런 다음 나는 이렇게 말한다. "당신이 그렇게 기분 나빴다니 나도 마음이 무거워." 비록 이것이 명백한 사과는 아니라도 염려하는 뜻은 충분히 전달되고, 그것만으로도 크게 도움이 되는 것 같았다.

대부분의 경우 언쟁은 남자가 여자의 감정에 이의를 제기하기 시작하면서 비롯되어, 그녀가 그에게 불만스러운 듯한 반응을 보이면서 점차 가속화된다. 남자로서 나는 상대방 여자의 감정을 존중하는 연습을 해야만 했다.

내 아내는 비난하듯이 말하지 않고 자기 감정을 바르게 표현하는 방법을 익혔다. 그 결과 싸움이 줄면서 신뢰와 사랑이 두터워졌다. 이런 깨달음이 없었다면, 우리는 지금도 아마 똑같은 입씨름을 되풀이하고 있었을 것이다.

언쟁을 야기시키는 남자

남자들이 흔히 언쟁에 불을 당기게 되는 이유는 여자의 감정이나 관점의 타당성을 인정하려 하지 않기 때문이다. 남자들 자신은 이를 깨닫지 못한다.

예를 들어, 남자는 여자의 부정적인 느낌을 대수롭지 않은 것으로 받아들인다. 그는 이렇게 말한다. "야, 걱정하지 마." 같은 남자에게는 이 말이 우호적으로 들릴 수 있다. 그러나 그와 가까운 사이의 여자가 그 말을 들으면 그가 자기 마음을 몰라주는 무심한 사람인 것 같아 기분이 상한다.

또 한 예로 남자는 "대수롭지도 않은 일을 가지고 뭘 그래"라고 말해 여자의 언짢은 기분을 풀어보려고 할지 모른다. 그는 그녀가 마음을 놓고 행복해 하리라는 기대를 가지고 이것저것 해결책을 제시하기도 한다. 그러나 여자는 그가 자신의 언짢은 기분을 알아주기 전에는 해결책 따위가 달갑지 않다.

아주 흔한 예로서 남자가 뭔가 그녀의 기분을 상하게 할 만한 행동을 했을 때를 상상해 보자. 그는 그녀가 기분 상해할 필요가 없는 까닭을 설명함으로써 그녀의 기분을 돌려보려고 애쓴다. 그는 자기 행동이 지극히 정당한 것이었으며, 사리에 맞을뿐더러 합리적인 것이었다고 자신만만하게 설명한다. 그의 이런 태도가 그녀로 하여금 마치 자기에게는 기분 나쁠 권리도 없는 것처럼 느껴지게 한다는 것을 그는 생각지도 못한다. 그가 오로지 자기 변명에만 급급할 때 그녀는 그가 자기 감정 따위는 전혀 개의치 않는다는 느낌을 받을 뿐이다.

자기가 그런 행동을 한 타당한 이유에 대해 그녀에게 말하고 싶다면, 그는 먼저 그녀가 기분 상해할 충분한 이유에 귀를 기울일 필요가 있다. 변명은 잠시 미루고 그녀의 감정을 이해해 보라. 그가 그녀의 감정에 관심을 가져주기만 해도 그녀는 위안을 느끼기 시작할 것이다.

이같은 접근 방식의 변화는 연습을 요하지만 얼마든지 이뤄낼 수 있는 것이다. 일반적으로 여자가 좌절감과 실망과 근심을 이야기하면, 남자의 머리속에는 어떻게든 그녀의 우울한 감정을 떨쳐 버리게 하려고 온갖 설명과 설득과 변명의 말이 가득 차게 된다. 그는 사태를 더 악화시킬 생각은 꿈에도 없다. 설득으로 감정을 돌려놓으려는 것은 그저 화성인으로서의 본능일 뿐이다.

저절로 우러나서 한 행동이, 이런 경우 오히려 역효과를 초래한다는 것을 이해하고 나면 남자는 스스로 변화를 시도할 수 있다. 인식의 진보와 축적된 경험이 그의 변화를 가능하게 하는 것이다.

언쟁에 불을 당기는 여자

여자들이 언쟁에 불을 당기게 되는 것은 그들이 자기 감정을 직접적으로 표현하지 않기 때문인 경우가 가장 많다.

싫은 감정이나 실망을 그대로 표현하는 대신 수사학적인 질문을 하거나, 의식적이든 무의식적이든 비난의 뜻이 담긴 말을 하게 되는 것이다. 그녀는 그를 비난할 뜻이 아니었는데 남자 쪽에서 그렇게 느끼는 경우도 있다.

예를 들어 남자가 약속에 늦게 들어올 때 그녀의 감정은 "늦게 오는 당신을 기다리는 건 싫어요" 혹은 "당신한테 무슨 일이 생긴 것이 아닌가 걱정했어요"라고 표현될 수 있을 것이다.

그런데 막상 그가 오면 그녀는 그 감정을 직접적으로 이야기하지 않고 "당신, 어떻게 이렇게 늦을 수가 있어요?"라든가, "당신이 이렇게 늦으면 난 어떤 생각이 들겠어요?", "당신, 왜 전화 안 했어요?" 등의 수사학적인 질문을 던진다.

"당신, 어떻게 이렇게 늦을 수가 있어요?"라든가, "당신, 왜 전화 안 했어요?"라는 질문을 받으면 남자는 그녀가 자기를 비난하고 있다고 느낀다. 그리고 관계에 보다 충실할 것을 강요하는 듯한 느낌을 받는다. 그녀로부터 공격받고 있다고 느낀 그는 곧 방어 태세에 돌입한다. 여자는 자기가 한 비난의 말이 남자에게 얼마나 언짢게 들릴지 알지 못한다.

여자가 공감을 필요로 하듯 남자는 승인받기를 원한다. 남자가 한 여자를 사랑하면 할수록 그는 그녀로부터 칭찬받고 싶어한다. 관계 초기에는 그것이 가능하다. 여자는 남자에게 늘 지지를 표명하고 남자는 그녀의 지지를 받을 수 있다는 자신감에 차 있다.

여자가 그와 같은 지지를 철회하는 것은 남자에게는 더할 나위 없는 고통이 된다. 대체로 여자들은 어떻게 해서 그를 믿지 않게 되었는지 명확히 알고 있다. 그러면서도 자신의 행동이 아주 정당하다고 생각한다. 여자들이 아무렇지도 않게 그렇게 말할 수 있는 것은 실제로 남자들에게 있어 승인받는다는 것이 얼마나 중요한 일인지 깨닫지 못하기 때문이다.

여자의 실망에 남자는 그런대로 잘 대처할 수 있지만 비난이나 거부의 표시에는 마음의 상처를 받게 된다. 여자들은 흔히 남자의 행동에 대해 비난하는 듯한 어조로 심문한다. 그들은 그렇게 하면 남자들이 뭔가 깨닫는 게 있을 거라고 생각한다. 하지만 그렇지가 않다. 그런 태도는 두려움과 원망을 야기시킬 뿐이다. 그리고 그는 점점 더 의욕을 잃어간다.

언쟁을 야기하는 두 가지 중요한 이유

1. 남자는 여자가 자기 관점을 비난하고 있다고 느낀다.
2. 여자는 남자가 말하는 방식에 불만을 느낀다.

언쟁하지 않고
자기의견 이야기하기

바람직한 역할의 모델이 제시되어 있지 않다면 서로간의 의견 차이와 불일치는 사실 다루기가 여간 까다로운 게 아니다.

대부분의 우리 부모들은 언쟁을 아예 모르고 살았거나, 아니면 의견 차이를 얘기하기만 하면 어느새 언성을 높이고 싸우거나, 둘 중 어느 한쪽에 속할 것이다.

180쪽에 나오는 도표에는 남녀가 자기도 모르게 언쟁을 야기시키게 되는 과정이 드러나 있고 그에 따른 바람직한 대안이 제시되어 있다. 여기에 열거된 각각의 언쟁에서 우선은 여자가 던질 수 있는 수사학적 질문들을 설정해 놓고 남자가 그것을 어떻게 해석하는지 보여준 다음, 남자가 자기 자신을 어떻게 변명하려 하며 여자는 또 그의 말에서 무엇을 느끼는지를 생각해 보았다. 그리고 남녀가 언쟁을 벌이지 않고 좀더 상대방을 생각하면서 자기를 표현할 수 있는 방안을 제시해 놓았다.

1. 남자가 무엇인가를 잊었을 때

여자의 수사학적 질문

- 남자가 깜빡 잊고 무언가를 하지 않았을 때, 여자는 "당신 어떻게 그걸 잊을 수가 있어요?" 혹은 "언제쯤이면 제대로 기억할 거예요?", "내가 어떻게 당신을 믿겠어요?"라고 말한다.

남자가 받아들이는 의미

- 남자는 그녀의 말을, "잊어버리다니 말도 안 돼요. 당신이 너무 멍청해서 난 당신을 믿을 수 없단 말예요. 맨날 나 혼자서 잘해보려고 노력하면 뭐해요? 돌아오는 게 없는데"라는 의미로 받아들인다.

그의 변명

- 그가 무엇을 잊었다고 여자가 화를 내면 그는 이렇게 말한다. "정말 바빠서 깜빡 잊은 거라구", "얼마든지 있을 수 있는 일이지 뭘 그래?", "대수롭지도 않은 일을 가지고…… 관심이 없어서 그런 건 아니라구."

여자가 받아들이는 의미

- 여자는 그의 말을 이렇게 받아들인다. "별일도 아닌 걸 가지고 그렇게 기분 나빠할 거 뭐 있어? 당신은 요구 사항이 너무 많고 어떤 때 보면 반응이 좀 지나쳐요. 현실에 눈을 떠요. 공상 속에서만 살지 말고."

조금 덜 비난하기

- 기분이 언짢다면 그녀는 이렇게 말할 수 있을 것이다. "당신이 잊었다니 섭섭한데요." 또는 보다 효과적인 접근방법으로, 그가 잊어버렸다는 데 대해 아무 말도 하지 않고 "당신 그것 좀 해주면 고맙겠어요"라고 다시 한 번 부탁한다 (그러면 스스로 깨달을 것이다).

조금 더 이해하기

- 그가 이렇게 말한다. "잊어버렸네. 당신 화났어?" 화내는 그녀가 잘못인 양 얘기하지 말고 그냥 그녀의 말을 들어 주라. 이야기를 하던 그녀는 그가 열심히 들어주고 있음을 알고는 곧 고마운 마음을 가질 것이다.

2. 남자가 여자의 감정을 존중하지 않을 때

여자의 수사학적 질문

- 남자가 자기 감정을 존중해 주지 않아 자존심이 상하면 여자는 이렇게 말한다. "당신, 어떻게 그런 말을 해요? 나를 이런 식으로 대해도 되는 거예요?", "당신 나한테 조금이라도 신경을 쓰는 사람이에요? 내가 당신을 이런 식으로 무시하던가요?"

그의 변명

- 그가 그녀의 기분을 고려하지 않아 그녀가 화내면 그는 이렇게 변명한다. "이봐, 그런 뜻이 아니었어", "내가 얼마나 당신 말을 잘 듣는데 그래. 이것 보라구, 지금도 그러고 있잖아?", 또는 "내가 언제나 당신을 무시하는 건 아니야. 당신을 비웃고 있는 것도 아니고."

조금 덜 비난하기

- 그녀는 이렇게 말할 수가 있다. "당신 말하는 방식이 마음에 안 들어요. 그만하세요." 또는 "당신 말이 언짢게 들리네요. 이런 식의 대화를 원했던 것이 아닌데, 우리 다시 얘기해 봐요." 또는 "나는 이런 식으로 취급받기는 싫어요. 생각할 시간을 좀 갖고 다시 얘기하죠", "내 말을 중간에 가로막지 말고 끝까지 들어줄래요?"

남자가 받아들이는 의미

- 남자는 그녀의 말을 이렇게 해석한다. "당신은 고약한 사람이고 나를 아무렇게나 취급해요. 나 혼자만 속도 없이 사랑하고 베푸는 꼴이라구요. 도저히 용서 못해요. 당신이 한 대로 갚아 주겠어요. 당신은 내게 버림받아도 싸요. 일을 이 지경으로 만든 건 바로 당신이니까요."

여자가 받아들이는 의미

- 그녀는 그 말을 이렇게 받아들인다. "당신은 기분 나빠할 권리가 없어. 말도 안 되는 소리만 골라 하면서, 당신은 지나치게 신경이 예민하다구. 정말 문제가 있어. 당신 때문에 난 골치가 아프단 말야."

조금 더 이해하기

- 그는 이렇게 말한다. "미안해. 당신을 그렇게 대하는 게 아닌데." "당신은 내 말을 전혀 듣고 있지 않아요." 그녀는 이렇게 말할지 모른다. 그러면 그녀의 말이 끝나기를 기다렸다가 이렇게 말한다. "미안하오. 우리 다시 얘기를 시작해 봅시다. 이번에는 잘 될 거야." 대화를 처음부터 다시 시작하는 것은 언쟁이 점점 가속화되는 데 제동을 거는 훌륭한 방법이다.

이성으로부터 점수 따기

남자들은 여자로부터 높은 점수를 따려면 새 차를 사준다거나 휴가여행을 데리고 가는 등 아주 굉장한 것을 안겨 주어야 하리라고 생각한다.

그는 그녀를 위해 자동차 문을 열어주거나, 꽃다발을 건네거나, 안아주거나 하는 따위의 작은 일로는 별로 점수를 얻지 못할 것으로 생각한다. 이런 점수 계산 방식에 의거해서, 그는 자기 시간과 정력과 관심을 쏟아 부어 여자에게 큼지막한 선물을 한다면 그녀가 굉장히 만족해할 것이라고 믿는다. 하지만 여자들이 점수를 매기는 방식은 남자들과는 다르기 때문에 위의 논리대로 되지 않는다.

여자가 채점할 때, 사랑의 선물은 크고 작음에 관계없이 같은 점수로 처리된다. 어떤 선물이든 똑같은 가치를 지닌다. 그런데 남자는 자그마한 선물이 1점이라면 큰 선물은 한 30점쯤 될 걸로 생각한다. 여자들의 계산 방식을 모르는 그는 자연히 큼직한 선물 한두 가지에 힘을 다 기울이게 된다.

여자들에게는 사소한 것들도 큰 것 못지않게 중요하다는 것을 남자들은 알지 못한다. 다시 말해서 단 한 송이의 장미꽃만으로도 집세를 제때에 지불하는 것과 맞먹는 점수를 얻을 수 있는 것이다. 점수를 매기는 방식이 이처럼 서로 다르다는 사실을 알지 못한다면 남녀 사이에는 자꾸만 좌절과 실망이 되풀이된다.

처크는 성공한 의사였다. 전문직에 종사하는 사람들이 대개 그렇듯이 소득 수준은 매우 높지만 시간적인 여유는 별로 없었다. 그는 아내가 불만을 느끼는 이유를 이해할 수 없었다. 그는 열심히 돈을 벌어 아내와 가족들에게 여유 있고 윤택한 생활을 누리게끔 해주었는데 집에 들어오면 아내는 늘 불만스러운 얼굴을 하고 있었다.

그의 생각에는 돈을 많이 벌어다 주면 줄수록 집에서 아내를 만족시키기 위해 따로 노력할 필요는 없을 것 같았다. 월말에 가져다 주는 두둑한 월급 봉투가 족히 30점은 될 거라고 생각했고, 병원을 개업해 수입이 예전의 두 배로 늘어났을 때는 점수도 따라서 두 배가 되어 60점은 될 걸로 믿었다. 자신의 두둑한 월급봉투에 고작 1점의 점수가 매겨지리라고는 꿈에도 생각지 못했다.

팜의 관점에서 보면 그가 많은 돈을 벌어다 주면 줄수록 그녀에게 돌아오는 것은 점점 더 줄어들었다. 새로 개업한 병원은 더욱 많은 시간과 노력의 투자를 요했다. 자꾸만 침해되어 가는 사생활과 늘어지는 관계를 추슬러 보려고 그녀는 안간힘을 썼지만, 남편의 1점에 비해 자기는 60점의 노력을 하고 있다는 생각이 그녀로 하여금 불행을 느끼게 했고 남편을 원망하게 했다.

팜은 남편보다 자기가 훨씬 더 많은 것을 베풀고 있다고 느꼈다. 그러나 처크는 오히려 자기가 아내에게서 더 많은 것을 받아야 마땅하다고 생각했다. 그는 아내와의 관계에 대해 대체로 만족하고 있었는데, 단 한 가지 마음에 안 드는 점이 있다면 그것은 그녀가 행복을 느끼지 못한다는 것이었다. 그는 아내가 너무 많은 것을 바란다고 못마땅해 했다. 월급을 그렇게 많이 갖다 주는 데 여자가 그 정도 애쓰는 건 당연하다는 생각이었고, 그의 이런 태도가 팜을 더욱 화나게 했다.

인간 관계 세미나에 대한 내 강연 테이프를 듣고 나서 그들은 서로를 탓하던 태도를 버리고 사랑을 통해 문제를 해결할 수 있었다. 이혼으로 치닫던 그들이 비로소 전환점을 찾은 것이다.

처크는 아내를 위해 작은 일들을 해주는 것이 큰 변화를 가져온다는 것을 깨달았다. 그가 아내를 위해 좀더 시간을 할애하기 시작하면서 어찌나 빠르게 관계가 변화하는지 그 자신도 놀라지 않을 수 없었다. 그는 여자들에게는 작은 일이 큰 일 못지않은 가치를 지닌다는 사실을 인식하게 되었고, 자신의 넉넉한 수입이 왜 1점밖에 얻지 못했는지 그제야 이해할 수 있었다.

여자들에게는 사소한 것들도 큰 것 못지않게 중요하다는 것을 남자들은 알지 못한다. 다시 말해서 단 한 송이의 장미꽃만으로도 집세를 제때에 지불하는 것과 맞먹는 점수를 얻을 수 있는 것이다.

LOVE LESSON 73

여자에게 점수 따는 33가지 방법

남자가 큰 힘을 들이지 않고도 여자에게 후한 점수를 얻을 수 있는 방법은 그야말로 도처에 널려 있다.

그는 단지 현재 쏟아붓고 있는 에너지와 관심의 방향을 재조정하기만 하면 되는 것이다. 사실 대부분의 남자들이 이미 그 방법들에 관해 알고 있기는 하지만 이런 작은 일들이 여자에게 얼마나 중요한지를 미처 깨닫지 못하기 때문에 굳이 이것들을 실행하려고 애쓰지는 않는다. 남자는 자기가 지금 배우자를 위해 해주고 있는 커다란 일에 비하면 그런 사소한 일들은 아무것도 아닌 것으로 믿고 있다.

여자들은 자기가 특히 더 좋아하는 것에 점수를 주기보다는 자기가 진정으로 필요로 하는 것을 받았을 때 감동한다. 그들은 생활 속에서 많은 사랑의 표현을 원한다. 그 표현 방식이 아무리 유력한 것이었다고 해도 한두 차례의 표현으로는 충족감을 줄 수가 없다.

남자가 배우자의 사랑의 탱크를 늘 가득 차게 할 수 있는 작은 실천 방안이 여기 있다.

1. 만나면 가볍게 포옹하라.
2. 그녀의 말을 들어주고 적절한 질문을 하라.

3. 그녀의 문제를 해결하겠다는 생각은 버리고, 대신 그녀의 편에서 이해해 주어라.

4. 꼭 무슨 날이 아니더라도 때때로 불쑥 꽃다발을 건네 그녀를 놀라게 해주어라.

5. 그녀에게 주말에 뭘 하고 싶냐고 묻지 말고 며칠 전부터 미리 데이트 계획을 세워 두라.

6. 그녀의 외모에 대해 찬사를 보내라.

7. 그녀가 언짢아할 때 그 기분을 이해해 주어라.

8. 약속 시간이 늦어질 것 같으면 미리 전화로 알려라.

9. 그녀가 도움을 청해 올 때는 그것이 잘못된 행동인 것처럼 생각되게 하지 말고 단지 당신이 할 수 있는지 없는지만 분명하게 말하라.

10. 그녀의 기분이 언짢아 보이면 "당신이 그렇게 우울해 하니 내 마음도 그렇소"라고 말하고 공감을 표시하라. 너무 많은 말을 하지는 말되 당신이 그녀의 기분을 이해하고 있다는 것을 그녀로 하여금 느끼게 하라. 공연히 해결책을 제시하려 하거나, 그녀가 언짢아 하는 것이 당신 탓은 아니라고 애써 변명하려 하지 마라.

11. 적어도 하루에 두 번은 "당신을 사랑해"라고 말하라.

12. 그녀와 외출할 때는 미리 세차하고 차 안을 말끔히 정돈하라.

13. 그녀가 누군가와 다투고 감정이 상해 있으면 그녀 편을 들어주어라.

14. 그녀가 얘기할 때는 인내심을 갖고 들어라. 도중에 자꾸만 시계를 들여다보지 마라.

15. 남들 앞에서도 애정을 표현하라.

16. 그녀가 좋아하는 술이나 칵테일을 기억해 두어라.

17. 외식을 할 때는 몇 군데 괜찮은 식당을 제안하라(어디로 갈 것인지 생각해 내야 하는 부담을 그녀에게 주지 마라).

18. 남들 앞에서는 다른 누구보다 그녀에게 더 다정하고 상냥하게 대하라.

여자들은 자기가 특히 더 좋아하는 것에 점수를 주기보다는
자기가 진정으로 필요로 하는 것을 받았을 때 감동한다. 그
들은 생활 속에서 많은 사랑의 표현을 원한다.

19. 특별한 날에는 그녀의 사진을 찍어 주어라.

20. 짧고 로맨틱한 여행을 즐겨라.

21. 당신이 지갑 속에 그녀의 사진을 지니고 다니며 이따금 한 번씩 최근 사진으로 바꾸어 넣는다는 것을 그녀가 알게 하라.

22. 생일 같은 특별한 날을 잊지 않도록 메모하라.

23. 사랑의 편지나 시로 그녀를 깜짝 놀라게 해주어라.

24. 처음 만났을 때의 기분으로 그녀를 대하라.

25. 그녀가 흥미로워할 신문 기사를 오려 두거나 큰 소리로 읽어 주어라.

26. 그녀의 이야기를 들을 때는 눈을 쳐다보아라.

27. 그녀에게 이야기할 때는 가끔 그녀의 몸에 다정하게 손을 올려 놓아라.

28. 그녀의 이야기를 들을 때는 "아하, 어허, 오, 음" 등의 소리로 간간이 호응을 보여라.

29. 그녀가 재미있는 이야기나 농담을 하면 유쾌하게 웃어 주어라.

30. 그녀가 당신을 위해 무언가를 해주었을 때는 고마움을 말로 표현하라.

31. 피크닉을 계획하고 함께 준비하라.

32. 당신은 그녀가 원하는 것을 들어주고 싶어하며 자신이 원하는 것도 갖고 싶어한다는 것을 그녀가 알게 하라. 아내에게 자상하게 마음을 써주되 자신이 희생자가 되지는 마라.

33. 이 항목에 더 추가할 것이 있냐고 그녀에게 물어 보라.

금성인의 원망 치유하기

여자들은 본능적으로 작은 일들을 잘 감지해 낸다. 그러나 남자가 그녀의 칭찬을 듣고 싶어한다는 것을 깨닫지 못하거나, 혹은 점수가 너무 기운다고 생각되는 경우는 예외이다.

사랑받지 못하거나 방치되고 있다고 느끼는 여자는 자연히 남자가 자기를 위해 해주는 일에 고마운 마음을 갖기 어려워진다. 오히려 자기가 그를 위해서 해주는 것에 비하면 그가 해주는 것은 아무것도 아니라는 생각 때문에 그녀의 가슴속에는 분한 마음이 싹튼다. 그리고 이러한 원망은 감사의 표현을 훼방한다.

원망이란 감기나 독감에 걸리는 것과 마찬가지로 건강한 것이 못된다. 그녀의 채점 방식에 의하면 남자 쪽의 점수가 형편없이 기울기 때문에 그녀는 차츰 남자를 원망하게 되고, 이렇게 되면 남자가 지금까지 자기를 위해 해 온 일에 대해서도 부인하려는 경향을 보인다.

40 대 10 정도로 여자 쪽의 점수가 우세하면 그녀는 상대에 대해 원망하는 마음을 갖기 시작한다. 받는 것에 비해 너무 많이 주고 있다고 느낄 때 그녀에게는 뭔가 이상한 일이 일어난다. 그녀는 다분히 무의식적으로 자기 점수 40점에서 그의 점수 10점을 빼, 그들의 관계에 30대 0이라는 점수를 내게 된다. 수학적으로는 맞는 얘기이고 이치에 닿지만 이것이 사실은 아니다.

그녀가 자기 점수에서 그의 점수를 빼면 그의 점수는 0점이 되는데, 사실 그의 점수는 0점은 아니다. 그가 그녀에게 아무것도 해준 게 없다는 것은 사실이 아니며, 엄연히 10점의 점수만큼 그도 한 일이 있다. 퇴근해서 집에 돌아온 그에게 보내는 그녀의 차가운 눈길과 쌀쌀한 목소리는 0점 남편에 대한 그녀의 항의이다. 그녀는 그가 해준 일까지 부인하고 있는 것이다.

여자는 무엇을 할 수 있는가 이 문제를 해결하는 길은 서로 상대의 입장을 참작하고 이해하는 것이다. 남자는 인정받기를 원하고 여자는 그의 배려를 필요로 한다. 이것이 충족되지 못하면 그들의 병세는 점점 악화되어 간다.

가슴에 원망이 쌓이면 여자는 보통 상대에게 기회조차 주지 않으려 하고, 설령 그가 노력을 해보려고 해도 그것을 평가절하해 점수를 주지 않으려는 경향을 보인다. 그녀는 그의 도움을 받아들이는 문을 아예 닫아 버린다. 지나치게 많은 것을 베푼 데 대해 책임을 느낌으로써 그녀는 이 문제를 그의 잘못으로만 여기던 지금까지의 태도를 버리고 성적표를 다시 쓰기 시작한다. 보다 새로워지고 한층 깊어진 이해로 그녀가 다시 한 번 그에게 기회를 주면 상황은 눈에 띄게 호전될 수 있다.

남자는 무엇을 할 수 있는가 자기 행동이 그녀로부터 점수를 받지 못하고 있다고 느끼면 남자는 더 이상은 아무것도 베풀지 않게 된다. 그가 이 문제를 책임 있게 처리하는 길은, 그녀의 마음에 원망이 자리하고 있을 때는 그의 배려를 인정하고 고맙게 받아들이기 어려우리라는 것을 이해하는 것이다. 그리고 그가 다시금 베풀 수 있게 하려면, 얼마 동안 받기만 함으로써 점수를 고르게 만들 필요가 있음을 이해하고 나서야 가능하다. 즉 그는 인정받지 못한 데서 오는 원망을 풀어버린 후에야 다시 베풀 수 있다. 그는 자신의 사랑과 애정을 아주 작은 일들에 조심스레 기울이면서 이것을 명심해야만 한다. 그는 자기가 마땅히 받아야 하며 받을 필요가 있는 그녀로부터의 인정을 당분간 기대해서는 안 된다. 그녀가 필요로 하는 작은 일들을 소홀히 취급함으로써 그녀를 원망이라는 독감에 걸리게 한 책임을 느끼는 것이 문제 해결에 도움이 된다.

화성인들은 공평함을
이상으로 삼는다

남자들은 직장에서 맡은 일에 자신의 모든 에너지를 쏟아붓고, 그것으로 족히 50점은 벌어 놓은 것으로 생각한다. 그래서 그는 집에 돌아와서는 의자에 깊숙이 몸을 파묻고 앉아 이번에는 아내 쪽에서 그 50점 만큼 보답해 주기를 기다린다.

그가 한 일은 그녀가 알기로는 고작 1점에 불과하다는 것을 모르는 그는 이미 할 만큼 했다는 생각에 집안에서 더 이상 아무것도 하려 들지 않는다.

그가 생각하기에는 그러는 것이 공평하며 당연한 일이다. 가족을 부양하기 위해 그가 기울인 노력에 걸맞게 그녀도 50점 정도의 노력을 보여야 점수가 공평해진다고 생각한다. 일터에서 힘들여 일한 것이 고작 1점으로 계산되었으리라고는 꿈에도 생각을 못한다. 그의 공평한 계산 방식은, 여자들에게 있어 사랑의 선물은 크기에 관계없이 똑같이 1점으로 처리된다는 것을 이해하고 고려한 연후에야 제대로 적용될 수 있다. 이같은 일차적 통찰은 남녀 모두에게 있어 실제 응용이 가능하다.

남자에게 여자들은 큰일이나 작은 일이나 똑같이 1점으로 처리한다는 것을 명심하라. 모든 사랑의 선물은 동등하며, 크든 작든 그 필요성은 똑같다. 원망을 사지 않으려면 작은 일들을 하는 습관을 길러라. 그것이 큰 차이를 만들어 낸다. 큰 선물뿐 아니라 작은 사랑의 표현에 인색하다면 그녀가 만족감을 느끼리라고 기대하지 마라.

여자에게 남자들이 화성에서 온 존재임을 기억하라. 그들은 본래 작은 일에 의욕을 느끼지 못한다. 그들이 적게 주는 것은 당신을 사랑하지 않아서가 아니라 큰일에서 이미 자기 몫을 다했다고 믿기 때문이다. 거기에 무슨 다른 이유가 있으리라고 생각하거나 과민해지지 마라. 대신 보다 많은 것을 요청함으로써 그의 도움을 이끌어내고 끊임없이 격려하라. 필사적으로 그의 배려를 갈망하거나 점수가 너무 기울어 회복이 불가능해질 때까지 무작정 기다려서는 안 된다. 그에게 명령하거나 지시하지는 마라. 비록 그가 당신의 격려를 필요로 하는 건 사실이지만, 그에게는 항상 당신을 도와주고픈 마음이 있다는 것을 믿으라.

금성인들은 조건 없는 사랑을
이상으로 삼는다

여자는 될 수 있는 한 많이 베풀려고 한다. 그들은 자기 자신이 완전히 고갈되고 소진 되기 전까지는 상대로부터 적게 받았다는 것을 알아차리지 못한다.

그들은 남자들처럼 처음부터 점수를 계산하지 않는다. 그들은 아낌없이 모두 주고 남자도 그래 주리라고 믿는다.

일반적으로 남자는 자기가 상대보다 많이 주었다고 느껴지면 그때 부터는 두 손 놓고 앉아서 자기가 준 만큼 돌려받아야 직성이 풀린다.

여자가 즐거운 마음으로 기꺼이 남자에게 베풀어주면 남자는 그녀 역시 점수를 매기고 있고, 그 결과 자기 점수가 상회하는 것임에 틀림없을 거라고 추정한다. 자기가 더 적게 주고 있으리라는 생각은 하지 못한다. 점수가 자기 쪽으로 우세하다고 생각하는 이상 그는 절대로 계속해서 베풀지 않는다.

그는 만일 자기가 이미 넘치도록 주었다고 느끼는데 상대가 더 달라고 요 구한다면, 설령 주더라도 분명 웃는 얼굴은 아닐 것임을 알고 있다. 여자가 얼 굴 가득 미소를 띤 채 언제까지나 베풀고 있으면 남자는 어찌 됐건 점수가 엇 비슷하리라고 믿게 된다. 금성인들은 점수가 무려 30 대 0으로 벌어질 때까지 도 행복한 얼굴로 베풀 수 있는 초인적인 능력의 소유자라는 것을 그들은 깨 닫지 못한다. 이같은 통찰은 남녀에게 각각 이렇게 응용될 수 있다.

화성인들은 상대방이 요청해야 준다

화성인들은 자기 혼자서도 충분히 해낼 수 있다는 것에 자부심을 느낀다. 정말로 필요한 경우가 아니라면 그들은 남에게 도움을 청하지 않는다. 화성에서는 먼저 청하지 않았을 때 도움을 주겠다고 제의하는 것이 큰 결례이다.

남자가 자기를 도와 줄 마음이 없어 보이면 그녀는 자기를 사랑하지 않는 거라고 오해한다. 심지어는 절대로 먼저 도움을 요청하지 않고 그가 알아서 할 때까지 기다림으로써 그의 사랑을 시험해 보려 할지도 모른다. 그녀는 그가 요청이 있을 때까지 기다린다는 것을 이해하지 못한다.

앞에서 얘기했듯이 점수를 공평하게 유지하는 것이 남자들에게는 무척 중요한 일이다. 자기가 상대보다 더 많이 주었다고 느끼면 남자는 자기도 모르게 더 많은 것을 요구하기 시작한다. 자기에게는 당연히 그럴 자격이 있다고 믿는 것이다. 반면에 그들의 관계에서 자기가 주는 것이 더 적다고 느껴지면 그는 절대로 상대에게 요구하지 않는다. 그뿐 아니라 상대에게 좀더 많이 베풀 수 있는 방법을 본능적으로 찾아보려 할 것이다.

여자가 요청하지 않으면 남자는 두 사람의 점수가 엇비슷하거나 자기 쪽에서 훨씬 잘해 주고 있다는 착각을 하게 된다. 여자는 자기가 굳이 요청하지 않아도 그가 알아서 헤아려 주기를 바란다는 것을 그는 깨닫지 못한다.

금성인들은 점수가 기울 때도
거절하지 못한다

남자들은 자기들이 무엇인가를 요청하면 아무리 점수가 기울어 있어도 금성인들이 그 것을 거절하지 않는다는 사실을 알지 못한다.

자기가 사랑하는 남자에게 도움을 줄 수만 있다면 그들은 기꺼이 그렇게 한 다. 점수 계산 따위를 염두에 두지는 않는다. 그러므로 남자들은 너무 많은 것 을 그녀에게 요구하지 않도록 주의할 필요가 있다.

남자들은 여자가 자기 욕구나 요청을 거절하지 않는 한 그녀도 만 족하고 있는 것으로 오해하기 쉽다.

결혼하고 처음 2년 동안 나는 거의 일주일에 한 번꼴로 아내와 영화를 보 러 갔었다. 어느 날 그녀는 내게 몹시 화를 내며 말했다. "우리는 늘 당신이 하 고 싶은 것만 해요. 내가 원하는 건 한 번도 한 적이 없잖아요."

나는 충격을 받았다. 나는 그녀가 좋다고 했고 계속 좋다고 하는 한, 그녀 도 그 상황에 똑같이 만족을 느끼고 있는 거라고 생각했다. 나는 그녀도 나만 큼이나 영화를 좋아한다고 생각했다.

가끔 그녀가 오페라 공연이 있다는 말을 넌지시 비추거나 교향악단 연주 회에 가고 싶다고 말한 적이 있기는 했다. 연극 공연중인 극장 옆을 차를 타고 우연히 지나가게 되면 그녀는 이렇게 말하곤 했다. "재미있어 보이는데요. 우

자기가 사랑하는 남자에게 도움을 줄 수만 있다면 그들은 기꺼이 그렇게 한다. 점수 계산 따위는 염두에 두지는 않는다.

리 저 연극 보러 가요." 하지만 주말이 다가오면 나는 이렇게 말했다. "이번엔 이 영화를 보기로 합시다. 영화평이 아주 기가 막힌걸." 그러면 그녀는 흔쾌히 말했다. "좋아요."

　　나는 그 말을, 그녀가 나만큼이나 영화 구경을 좋아한다는 뜻으로 받아들였다. 사실 그녀는 나와 함께 있는 게 좋고 영화 구경도 나쁘진 않지만, 그녀가 진정으로 원했던 것은 지역 문화 행사에 참여해 보는 것이었다. 그녀가 몇 번이나 그런 희망을 내비쳤던 것은 바로 그래서였다. 나는 아내가 나를 기쁘게 해주려고 자기가 원하는 것을 희생하고 있는 줄은 꿈에도 몰랐던 것이다. 이같은 통찰은 남녀에게 각각 다음과 같이 적용될 수 있다.

화성인들은 벌점을 활용한다

남자들은 상대로부터 사랑받지 못한다거나 적절한 도움을 받지 못하고 있다고 여겨지면 벌점을 부과한다는 사실을 여자들은 알지 못한다.

예를 들어 그가 그녀를 위해 한 일을 그녀가 미처 발견하지 못하고 지나쳐 버리거나 인정해 주지 않으면 그는 마음이 몹시 언짢아져서 그녀가 이미 확보해 놓은 점수까지 깎으려고 한다. 만일 그녀의 점수가 10점이었는데 그녀가 그를 실망시켰다면 그는 그 10점을 도로 빼앗으려 할지 모르며, 그 실망이 좀더 컸다면 그녀에게 마이너스 20점을 줄 수도 있다. 결과적으로 그녀는 순식간에 10점이라는 점수를 잃고 그 위에 10점의 빚을 지게 되는 것이다.

이는 여자에게 있어 실로 당황스러운 일이다. 그녀가 지금까지의 노력으로 딴 30점이라는 금쪽 같은 점수가 그가 화를 내는 한 순간에 깡그리 무너져 내리는 것이다.

그는 그녀가 빚지고 있는 10점을 갚을 때까지 자기는 아무것도 주지 않아도 된다고 생각한다. 그가 생각하기에 이것은 너무나도 공평하고 지당한 처사이다. 그러나 수학적으로는 합당한 계산일지 몰라도 결코 공평한 방법이라고 할 수는 없다.

벌점은 두 사람의 관계에 몹시 해로운 영향을 미친다. 여자는 지금껏 잘해 온 것까지 도매금으로 넘어가고 있다고 느끼게 되고, 남자는 여자가 실점을 만회할 때까지 손도 까딱하지 않으려 하다 보니 결국 주는 데 인색한 사람이 되어 버린다. 살다 보면 그럴 때도 있게 마련인데, 여자가 때로 그에게 부정적인 태도를 보인다고 해서 그녀가 지금까지 베풀어 온 애정 어린 도움을 모두 부정한다면 그는 주는 능력을 잃어버리고 수동적인 인간이 될 것이다.

남자에게 벌점은 공정하지 못하며 아무런 효과도 없다는 것을 명심하라. 그녀로 인해 기분이 언짢거나 불쾌하거나 사랑받지 못하고 있다고 느껴지는 순간, 그녀의 잘못을 응징하려고 하기보다는 지금까지 그녀가 베풀었던 좋은 일, 고마운 일들을 모두 떠올려 보라. 그녀가 지금까지 해 온 것까지 전부 다 부정함으로써 그녀에게 벌주려 하기보다는 당신이 원하는 바를 그녀에게 말하면 그녀는 아마 들어줄 것이다.

여자에게 남자들은 벌점을 주는 버릇이 있다는 것을 기억하라. 벌점이라는 악습으로부터 당신을 지키는 데는 두 가지 방법이 있다.

첫 번째 방법은 당신이 지금껏 쌓아 놓은 점수를 그가 모두 빼앗는 것은 옳지 못한 처사임을 인식하는 것이다. 예의를 잃지 말고 그에게 당신의 기분이 어떤지를 이야기하라.

두 번째 방법은 그가 당신 점수를 깎아 내리는 것은 자기가 사랑받지 못하고 있다거나 상처를 받았다고 느낄 때이므로 그런 감정이 치유되면 그가 곧 당신의 점수를 되돌려 준다는 사실을 인식하는 것이다. 자기가 한 작은 일들로 인해 당신으로부터 보다 많은 사랑을 받고 있다고 느끼면 느낄수록, 그가 벌점을 주는 일도 점차 줄어들게 될 것이다. 그가 원하는 사랑이 어떤 것인지 이해하려고 노력함으로써 그에게 상처를 주지 않도록 애써라.

여자가 남자로부터
큰 점수를 딸 수 있는 길

여자들은 남자가 정말로 사랑을 필요로 할 때가 언제인지를 간혹 모르는 수가 있다. 꼭 필요할 때 사랑을 줌으로써 그녀는 20점에서 30점까지 얻을 수 있다. 다음에 몇 가지 예를 들어 보았다.

여자가 남자로부터 큰 점수를 딸 수 있는 길

실례	점수
그가 실수했을 때, "내가 그럴 거라고 했잖아요"라고 말하거나 충고하지 않는다.	10~20
그가 실망시켰을 때 그를 나무라지 않는다.	10~20
운전할 때 길을 잘못 찾더라도 대수롭지 않은 일로 여긴다.	10~20
그가 이번에도 또 잊어버렸다고 하더라도 그를 믿는 마음을 버리지 않고 참을성 있게 말한다. "괜찮아요, 다음에는 잊지 않으실 거죠?"	20~30
자기가 그를 언짢게 했다고 느껴질 때는 곧 사과하고 그가 원하는 사랑을 준다.	20~30
그에게 도움을 요청했다가 거절당해도 기분 나빠하지 않는다. 그가 할 수 있었다면 틀림없이 해주었을 거라고 믿는다. 거절당했다고 그를 밀어내거나 나쁘게 생각하지 않는다.	10~20

그에게 도움을 요청하되 요구하지는 않는다(그가 생각하기에 두 사람의 점수가 대등한 경우).	1~5
그에게 도움을 요청하되 요구하지는 않는다(그녀가 기분이 상해 있거나 그녀의 점수가 더 많다는 것을 그가 알고 있는 경우).	10~30
동굴로 들어가는 그에게 죄책감을 갖지 않게 한다.	10~20
동굴에서 나올 때 반갑게 맞이하며 거부하거나 응징하지 않는다.	10~20
그가 자기 잘못을 사과할 때 사랑으로 받아주고 그를 용서한다(그가 저지른 잘못이 심각한 것일수록 점수는 높아진다).	10~50
그가 무엇을 부탁했을 때 그 부탁을 들어 줄 수 없는 이유를 장황하게 설명하지 않고, 안 되면 안 된다고 간단히 말한다.	1~10
그가 무엇을 부탁했을 때 알았다고 해놓고 돌아서서 기분 나빠하지 않는다.	1~10
그가 못마땅하다고 느껴질 때 겉으로 내색하지 않고, 다른 방으로 가서 마음을 가라앉히고 애정을 재충전한 다음에 밖으로 나온다.	10~20
특별한 날에는 그가 더러 실수를 하더라도 너그럽게 보아준다.	10~20
그가 열쇠를 어디에 두었는지 잊었을 때 그를 한심하다는 듯이 쳐다보지 않는다.	10~20
그와 데이트할 때 식당이 마음에 들지 않거나 영화가 좀 시시해도 그가 언짢아하지 않도록 은근하면서도 재치 있게 자기 생각을 표현한다.	10~20
그가 운전을 하거나 자동차 트렁크에 짐을 실을 때, 자꾸 이렇게 해라 저렇게 해라 충고하지 말고 목적지에 다다랐을 때는 감사의 표현을 한다.	10~20
그가 전에 잘못했던 일에 대해 자꾸 생각하기보다는 다시 그에게 도움을 청해 본다.	10~20
비난하거나 나무라거나 거부 반응을 보이지 않고 자기의 부정적인 느낌을 표현한다.	10~40

사랑의 편지 기법은 융통성 있게 운용할 수 있다.
3 단계를 전부 해 보아도 좋고 그 중 한두 가지만
선택적으로 실천해 볼 수도 있다. 마음을 정리한
다음 상대와 다시 이야기를 해 볼 수도 있다.

사랑의 편지 기법

부정적인 감정을 털어 버리고 다시금 애정이 깃든 대화를 할 수 있게 하는 가장 좋은 방법 가운데 하나가 바로 사랑의 편지 기법이다.

독특한 양식에 따라 자신의 감정을 써 내려가는 사이에 부정적인 감정은 조금씩 힘을 잃어가고 긍정적인 정서가 되살아난다. 그리고 이러한 작업을 통해 편지를 쓰는 능력도 눈에 띄게 향상될 수 있다. 사랑의 편지 기법은 다음과 같은 세 과정으로 나뉜다.

- 당신의 가슴속에 있는 분노, 슬픔, 두려움, 후회, 사랑의 감정을 담아 사랑의 편지를 쓴다.
- 당신이 상대로부터 듣고 싶은 말을 직접 답장으로 써본다.
- 사랑의 편지와 답장을 함께 놓고 상대방과 그것에 대해 대화를 갖는다.

사랑의 편지 기법은 융통성 있게 운용할 수 있다. 3단계를 전부 해 보아도 좋고 그 중 한두 가지만 선택적으로 실천해 볼 수도 있다. 1단계와 2단계를 차례로 거치면서 마음을 정리한 다음, 원망이나 비난을 털어 버리고 상대와 다시 이야기를 해 볼 수도 있다. 또 사랑의 편지와 답장을 쓴 다음 그것을 가지고 상대와 함께 이야기해 보는 3단계까지 모두 실행에 옮겨 볼 수도 있다.

제1단계 : 사랑의 편지 쓰기

사랑의 편지를 쓰기 위해서는 우선 편지 쓰기에 알맞은 자기만의 공간을 찾는다. 그런 다음 분노, 슬픔, 두려움, 후회, 사랑의 감정을 담아 편지를 쓴다.

이같은 형식은 당신의 감정을 충분히 표현할 수 있게 하고 스스로 그것을 인식할 수 있도록 도와준다. 자기 감정이 어떤지 제대로 파악해야 비로소 상대방에게 차분히 효과적으로 전달할 수 있다.

가슴속에 있는 사랑의 감정을 이끌어 내기 위해서는 우선 부정적인 감정들을 모두 밝은 데로 끄집어 낼 필요가 있다. 분노와 슬픔, 두려움과 후회의 네 가지 부정적 감정을 충분히 발산시키고 나면 비로소 깊은 곳에 자리하고 있던 애정을 느끼고 이를 표현할 수 있게 된다. 다음은 기본적 형태의 사랑의 편지를 쓰는 데 도움이 될 만한 몇 가지 지침이다.

- 당신의 상대 앞으로 편지를 써라. 그쪽에서 사랑과 이해로 당신의 이야기를 들어주고 있다고 상상하면서 편지를 써라.

- 분노의 감정에서부터 출발해서 슬픔, 두려움, 후회, 마지막으로 사랑의 감정까지 순서대로 진행시키고, 편지마다 이 다섯 가지 감정이 빠짐없이 포함되도록 하라.

- 각각의 감정에 대해 몇 개씩 문장을 만들어, 다섯 항목의 길이가 거의 비슷해지도록 하라. 문장은 되도록 간명하게 표현하라.

- 하나의 항목이 끝나면 잠시 사이를 두고 그 다음의 감정이 솟아오르는 것을 주목하라.

- 사랑의 감정에 도달하기 전에 중간에서 편지 쓰기를 포기하지 마라. 사랑의 감정이 솟아오를 때까지 참을성을 갖고 기다려라.

- 다섯 개 항목이 모두 끝나면 말미에 당신의 이름을 써라. 당신이 원하는 것이 무엇이고 필요한 것은 무엇인지 잠시 생각해 본 다음 추신란에 그것을 써라.

사랑의 편지 쓰기 연습

편지를 쓰는 작업을 보다 간소화하려면 다음에 제시되어 있는 양식을 그대로 사용할 수도 있다.

다섯 개의 항목마다 당신이 감정을 표현하는 데 도움이 되는 문장의 기본 골격이 포함되어 있는데, 이 중에서 한두 가지만 활용해도 좋고 그 골격을 그대로 유지해도 괜찮다. 대체로 '화가 난다, 슬프다, 두렵다, 미안하다, 원한다, 사랑한다'는 표현이 주류를 이루고 있지만, 꼭 그런 형태의 문장이 아니더라도 당신의 감정을 표현하는 데 도움이 된다면 어떤 형식이든 상관없다. 사랑의 편지 한 통을 완성하는 데 대략 20분 정도의 시간이 걸릴 것이다.

사랑하는 _____에게
내 마음을 당신께 전하고자 이 편지를 씁니다.

1. 분노

나는……하는 것이 싫어요.

……해서 실망했어요.

……라서 화가 나요.

……때문에 불쾌해요.

……하기를 원해요.

2. 슬픔

……에 대해 실망을 느껴요.

……라는 것이 슬퍼요.

……때문에 마음이 아파요.

……하기를 바랐어요.

……하기를 원해요.

3. 두려움

……라서 염려스러워요.

……할까 봐 두려워요.

……가 겁이 나요.

……을 원하지 않아요.

……가 필요해요.

……하기를 원해요.

4. 후회

……라서 당황스러웠어요.

……라서 미안해요.

……에 대해 부끄러움을 느껴요.

편지를 쓰는 작업을 보다 간소화하려면 다음에 제시되어 있는

양식을 그대로 사용할 수도 있다.

다섯 개의 항목마다 당신이 감정을 표현하는 데 도움이 되는

문장의 기본 골격이 포함되어 있는데, 이 중에서 한두 가지만

활용해도 좋고 그 골격을 그대로 유지해도 괜찮다.

……를 원했던 것은 아니에요.

……하기를 바라고 있어요.

5. 사랑

……을 사랑해요.

……하기를 원해요.

……을 이해할 수 있어요.

……를 용서해요.

……을 고맙게 생각하고 있어요.

……에 대해 당신에게 감사해요.

……라는 걸 잘 알아요.

년   월   일

추신 : 당신에게서 듣고 싶은 말 : _____

제2단계 : 답장 쓰기

답장 쓰기는 사랑의 편지 기법 가운데 두 번째 단계이다. 우선 부정적인 감정과 긍정적인 감정을 모두 표현해 본 다음 3~5분 정도 시간을 더 내어 답장을 써보는 것이 치유 과정이 될 수 있다. 여기에는 당신이 상대로부터 듣고 싶어하는 대답들을 쓰면 된다. 당신이 표현한 언짢은 감정들에 대해 *그가* 어떤 반응을 보여 주길 바라는지, 모두 그 답장에 담아 보는 것이다. 다음에 제시된 기본 골격을 참고해도 좋다.

……해줘서 고마워요.

……라는 것을 이해해요.

……에 대해 미안하게 생각해요.

당신은……할 만해요.

……하기를 원해요.

……를 사랑해요.

어떤 경우에는 사랑의 편지보다 답장을 쓰는 것이 훨씬 효과적인 때가 있다. 우리가 정말 원하는 것이 무엇이며 무엇을 필요로 하는지 써 봄으로써, 막상 그것이 주어졌을 때 마음을 활짝 열고 기꺼이 받아들일 수 있게 된다.

여자들은 가끔 답장을 쓴다는 것에 이의를 제기한다. 그들은 무슨 말을 해야 할지 상대방이 당연히 알고 있으리라고 생각한다. 내색은 안 하지만 그들의 가슴속에는 이런 생각이 자리잡고 있다. '내가 무엇을 원하는지 그에게 말하고 싶지는 않아. 그가 나를 진정으로 사랑한다면 내가 말하지 않아도 스스로 느낄 수 있는 게 아닐까?' 그러나 남자들은 화성에서 온 존재여서, 여자들이 무엇을 원하는지 옆에서 말해 주지 않으면 모른다는 사실을 기억할 필요가 있다.

남자의 반응은 그가 얼마나 그녀를 사랑하는지 보여주는 것이라기보다는 화성에서부터 몸에 익은 관습에 가깝다. 금성인이라면 그럴 때 어떤 말을 해 줘야 하는지 알겠지만 그들은 그렇지 못하다.

남자들은 실제로 여자의 감정에 대해 자기가 어떤 반응을 보여야 하는지 알지 못한다. 대체로 우리 문화는 여자들의 욕구에 대해 남자들에게 아무것도 가르쳐주지 않는다.

답장은 여자들의 욕구가 어떤 것인지 남자들에게 귀띔해 줄 수 있는 최상의 방법이다. 그것을 통해서 남자들은 서서히, 그리고 확실히 알게 될 것이다.

도움을 받으려면 자기가 무엇을 원하는지 상대방에게 알려줘야 할 뿐만 아니라 스스로도 기꺼이 도움을 받아들일 자세가 되어 있어야 한다. 답장은 도움받을 사람이 확실한 자세를 갖도록 하는 것이다. 그런 마음가짐이 아니고서는 대화가 이루어질 수 없다.

'당신이 어떤 말을 해도 내 기분이 나아지지는 않을 것'이라는 태도로 이야기하는 것은 아무 소용이 없을뿐더러 상대방에게 상처만을 안겨 준다. 그럴 때는 차라리 이야기하지 않는 편이 낫다.

여기 사랑의 편지와 답장이 하나의 본보기로 제시되어 있다. 답장은 추신 다음에 쓰되 추신보다는 약간 길고 자세하게 쓴다는 점에 주목하라.

남자의 거부감에 대한 사랑의 편지와 답장

테레사가 남편 폴에게 도움을 요청했을 때, 그는 아내의 부탁이 성가시고 부담스럽다는 듯한 태도를 보였다.

사랑하는 폴

1. 분노 당신이 나를 거부하면 나는 화가 나요. 당신이 나를 도와주려고 하지 않을 땐 노여운 생각이 들어요. 왜 꼭 내가 부탁을 해야 하는 건지, 당신이 좀 알아서 도와 줄 수는 없는지 신경질이 나요. 나는 당신을 위해 많은 일을 하잖아요. 내겐 당신 도움이 필요하다구요.

2. 슬픔 당신이 나를 도와주고 싶어하지 않는 것 같아 섭섭해요. 완전히 혼자라는 생각이 나를 슬프게 해요. 난 당신과 함께 뭐든 나누고 싶고 당신 도움이 필요하다구요.

3. 두려움 당신한테 도움을 청하기가 겁이 나요. 당신이 화를 낼까 봐 무서워요. 당신이 싫다고 하면 내 기분이 엉망이 될 것 같아 망설여져요.

4. 후회 당신을 자꾸만 원망하게 되어 미안해요. 내가 너무 잔소리가 심하고 당신의 결점을 들추어 내는 것 같아요. 당신을 좀더 추켜세워 주지 못해 미안해요. 내가 너무 과도하게 베풀어 놓고 당신한테도 그만큼을 요구해서 미안해요.

5. 사랑 난 당신을 사랑해요. 당신 나름대로 최선을 다하고 있다는 걸 잘 알아요. 당신이 나를 진심으로 생각하고 있다는 것도요. 다음에는 좀더 부드럽게 도움을 요청할게요. 당신은 우리 아이들에게 더할 나위 없이 좋은 아빠예요.

당신의 사랑 테레사

추신 : 내가 당신에게서 듣고 싶은 말은 이런 거예요.

사랑하는 테레사

나를 그토록 사랑해 주는 당신에게 고마움을 느끼고 있소. 당신 마음을 솔직하게 얘기해 주어 고맙구려. 마치 당신이 지나친 요구를 하고 있다는 듯한 내 행동에 당신의 기분이 상했다는 것을 이해하오. 내가 당신을 거부하면 당신이 마음의 상처를 받는다는 걸 알겠소. 좀더 많이 당신을 도와주지 못해서 미안하오.

당신은 내 도움을 받을 자격이 있는 사람이고, 나도 당신을 좀더 많이 도와주고 싶소.

당신을 진정 사랑하고, 당신이 내 아내라는 사실에 감사하고 있소.

당신을 사랑하는 빌

제 3단계 : 사랑의 편지와 답장을 보며 함께 이야기해 보기

당신이 쓴 편지를 함께 읽어보는 일은 다음과 같은 이유에서 중요한 의미를 가진다.

- 당신이 필요로 하는 이해를 얻을 수 있다.
- 자기 행동이 어떤 반향을 불러일으키는지에 대한 정보를 상대방에게 자세하게 제공한다.
- 관계 변화에 대한 동기를 부여한다.
- 친밀감을 향상시키고 서로에 대해 열정을 갖게 한다.
- 당신이 무엇을 중요하게 여기며 당신을 성공적으로 돕는 방법이 무엇인지 그에게 알려 준다.
- 기분 상하지 않고 상대의 불쾌한 감정에 귀를 기울일 수 있는 방법을 가르쳐 준다.

당신의 편지를 상대방과 함께 나누는 데는 다섯 가지 방법이 있다. 이 경우에는 여자가 편지를 쓴 것으로 설정되어 있는데, 남자가 썼을 때도 똑같은 방법을 적용할 수 있다.

- 그녀가 쓴 사랑의 편지와 답장을 그녀가 보는 앞에서 그가 큰소리로 읽어본다. 그녀가 어떤 말을 듣고 싶어하는지 보다 잘 알게 된 그가 그녀의 손을 잡고 애정 어린 반응을 보여준다.

- 그녀가 직접 자기가 쓴 사랑의 편지와 답장을 그에게 읽어준다. 그녀가 어떤 말을 듣고 싶어하는지 보다 잘 알게 된 그가 그녀의 손을 잡고 애정 어린 반응을 보여준다.

- 먼저 그가 큰소리로 답장을 읽고 나서 사랑의 편지를 읽어준다. 부정적인 감정에 어떻게 대응하면 되는지 일단 그 방법을 알고 난 남자는 자신감을 갖고 사랑의 편지를 읽을 수 있게 된다. 그런 다음 그는 그녀의 손을 잡고 애정 어린 반응을 보여준다.

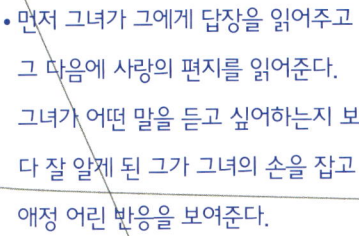

- 먼저 그녀가 그에게 답장을 읽어주고 그 다음에 사랑의 편지를 읽어준다. 그녀가 어떤 말을 듣고 싶어하는지 보다 잘 알게 된 그가 그녀의 손을 잡고 애정 어린 반응을 보여준다.

- 그녀가 그에게 편지를 주고, 그는 24시간 안에 혼자서 읽어본다. 편지를 다 읽고 나서 그런 편지를 쓴 데 대해 그녀에게 고맙다는 말을 한다. 그녀가 무엇을 필요로 하는지 보다 잘 알게 된 그가 그녀의 손을 잡고 애정 어린 반응을 보여준다.

어떤 사람들은 사랑의 편지에 귀기울이는 일을 무척 곤혹스러워한다. 어쩌면 아예 편지를 읽으려 하지 않을지도 모른다. 또 설령 당신의 배우자가 편지 내용을 들어보기로 마음먹었다고 해도 그 자리에서 당장 애정 어린 태도를 보여주지 못할 수도 있다.

사랑의 편지에 귀를 기울일 때 유독 분노의 감정만 귀에 들어오는 경우도 있다. 그들이 편지에 담긴 사랑을 느끼는 데까지는 시간이 걸린다. 만일 그렇다면 사랑의 편지 가운데 특히 후회와 사랑의 항목을 다시 한 번 읽어 보는 것도 도움이 될 것이다. 가끔 나는 아내가 쓴 사랑의 편지를 읽어 내려가기 전에 우선 맨 마지막 사랑의 항목부터 먼저 읽고 그 다음에 처음부터 읽기 시작하곤 한다.

만일 남자가 사랑의 편지를 읽고 기분이 언짢다면 자기도 사랑의 편지를 써서 응답하면 되는데, 그런 과정을 통해 그는 상대의 편지를 읽으면서 느꼈던 부정적인 감정들을 처리할 수 있다. 어떤 때는 그들 사이에 문제가 있다는 것을 전혀 느끼지 못하다가 그녀가 쓴 편지를 함께 읽어보고 나서야 깨닫게 되는 경우도 있다. 그런데 자기도 할 말이 있다는 생각이 불현듯 떠오르면 그 마음을 편지에 담아 봄으로써 자신의 사랑을 재확인할 수 있게 되고, 그런 연후에 그녀의 편지를 다시 읽어보면 그녀의 상처 뒤에 숨은 사랑을 느낄 수 있을 것이다.

그녀의 편지에 대해 그 자리에서 애정 어린 반응을 보여 줄 수 없더라도 그것이 그의 잘못은 아니며, 따라서 비난받을 일도 아니라는 것을 그는 알아야 한다. 여자 쪽에서는 그 문제에 대해 그가 잠시 생각할 시간이 필요하리라는 것을 이해하고 받아들일 수 있어야 한다. 그가 그녀의 이해를 구하는 의미로 이렇게 말하는 것도 괜찮을 것이다. "이렇게 편지를 써 줘서 고맙소. 생각해 볼 시간이 필요하니 우리 잠시 후에 이야기해 보도록 합시다."

이때 그는 편지 내용에 대해 비판적인 말을 삼가는 것이 좋다. 편지를 함께 읽어보기 위해서는 마음을 놓을 수 있는 편안한 분위기가 필요하다.

짤막한 사랑의 편지

만일 기분이 언짢은데 편지를 쓰기 위해 20분의 시간을 낼 수 없는 상황이라면 축약형 러브 레터를 써도 좋다.

시간은 3~5분밖에 걸리지 않지만 정식 사랑의 편지 못지 않은 효과를 발휘한다. 여기 실례를 들어 보았다.

사랑하는 맥스

1. 당신이 늦어서 나는 굉장히 화가 나요!
2. 당신이 나를 잊고 있었다는 사실이 슬퍼요.
3. 당신이 내게 별로 관심이 없는 것은 아닌지 걱정이 돼요.
4. 이렇게 속이 좁아서 미안해요.
5. 당신을 사랑해요. 당신이 늦은 걸 용서할게요. 당신이 나를 진심으로 사랑한다는 것
   을 알아요. 당신의 노력에 감사드려요.

사랑을 보내며, 샌디

사랑하는 레슬리

당신 기분을 내게 알려주어 고맙소. 당신이 나를 그리워하고 있다는 것을 깨달았소. 오
늘 밤 8시에서 9시까지는 둘만의 특별한 시간이 되도록 합시다.

당신의 사랑 헨리

LOVE LESSON 87

본심을 어떻게 다른 감정으로
위장하는가

진짜 고통을 감추기 위해 어떻게 우리가 부정적 감정을 활용하는지, 다음에 몇 가지 예를 들어 보았다. 그러나 이것은 저절로 일어나는 현상임을 명심하라.

우리 자신은 감정을 위장하고 있다는 것을 깨닫지 못하는 경우가 종종 있다. 아래 질문에 대해 잠깐 생각해 보라.

- 정말 화가 날 때 당신은 웃어 본 적이 있는가?
- 마음속에서는 두려움을 느끼면서 화난 것처럼 행동해 본 적이 있는가?
- 정말 슬프고 가슴이 아픈데 소리내어 웃거나 실없는 농담을 한 적이 있는가?
- 마음속으로는 자기가 잘못했다고 느끼면서 비난의 화살을 재빨리 남들에게 돌린 적이 있는가?

　　다음에는 남녀가 각각 자기 본심을 어떻게 부정하는지 흔히 볼 수 있는 사례가 제시되어 있다. 분명 모든 남자들이 아래 사항에 부합되는 것은 아니며, 여자들 또한 마찬가지다. 그러나 이것을 통해서 우리는 어떤 형태로 본심을 감추게 되는지 이해하는 열쇠를 얻게 될 것이다.

진짜 고통을 감추기 위해 어떻게 우리가 부정적
감정을 활용하는지, 다음에 몇 가지 예를 들어 보
았다. 그러나 이것은 저절로 일어나는 현상임을
명심하라.
　　　　　　우리 자신은 감정을 위장하고 있다는 것을 깨닫지 못하는
　　　　　　경우가 종종 있다. 아래 질문에 대해 잠깐 생각해 보라.

본심을 숨기는 방법

남자들은 어떻게 자신의 고통을 감추는가

- 남자들은 슬픔, 상처, 비애, 죄책감, 두려움 등 자신의 고통스러운 감정을 숨기기 위해 분노를 이용한다.

- 남자들은 분노를 숨기기 위해 실망이나 태연을 가장한다.

- 남자들은 마음이 아프면 이를 감추기 위해 성난 체 한다.

- 남자들은 불안하거나 두려울 때 공연히 큰소리를 치거나 화를 낸다.

- 남자들은 분노나 비탄의 감정을 수치심으로 덮어 가린다.

- 남자들은 화나거나 두렵거나 실망했거나 낙담했거나 부끄러울 때 아무렇지도 않은 척 평온을 가장한다.

- 남자들은 자기가 미숙하다고 느껴질 때 오히려 더 자신 있는 척한다.

- 남자들은 두려운 마음이 들 때 이를 감추려고 더 공격적인 태도를 보인다.

여자들은 어떻게 자신의 고통을 감추는가

- 여자들은 분노, 죄의식, 두려움, 실망을 감추기 위해 근심과 걱정을 이용한다.

- 여자들은 화가 나거나 짜증스럽거나 실망하면 이를 감추려고 공연히 허둥지둥할 때가 있다.

- 여자들은 당황스럽거나 화가 나거나 슬프거나 후회스러울 때, 이를 감추려고 기분 나쁜 척한다.

- 여자들은 화가 나거나 슬플 때, 이를 감추기 위해 불안감과 두려움을 앞세운다.

- 여자들은 화가 나거나 두려울 때 이를 슬픔으로 위장한다.

- 여자들은 두려움과 슬픔, 애도와 비탄을 숨기기 위해 공연히 희망적인 척한다.

- 여자들은 슬프거나 낙담했을 때 이를 감추고 행복한 척, 고마운 척한다.

- 여자들은 화가 났거나 상처를 받았을 때, 이를 감추기 위해 사랑하고 용서하는 태도를 보인다.

왜 여자들은 도움을 요청하지 않는가

여자들은 굳이 도움을 요청할 필요가 없다는 그릇된 생각을 갖고 있다.

다른 사람의 욕구를 직감적으로 느끼고, 할 수만 있다면 그것을 채워 주고 싶어하는 그녀들로선 남자들도 자기들의 마음과 같으리라고 오해한다. 사랑에 빠지면 여자는 본능적으로 사랑을 베푼다. 그들은 기쁘고 흥분된 마음으로 어떻게 하면 상대에게 도움을 줄 수 있는지 궁리한다. 여자들은 누군가를 사랑하면 할수록 자기 사랑을 주고 싶어 안달한다. 금성에서는 모든 이들이 저절로 마음에서 우러나 서로를 돕기 때문에 굳이 도움을 요청할 필요를 느끼지 않는다. 실제로 상대방이 요청하지 않아도 해주는 것이 그들이 서로에게 사랑을 보여주는 한 방법이다. "사랑은 결코 요청할 필요가 없는 것!" 이것이 금성인들의 모토이다.

판단 기준이 이러하기에 그녀는 만일 상대가 자기를 사랑한다면 자발적으로 도움을 제공할 것이며, 자기가 굳이 그에게 요청할 필요가 없다고 생각한다. 심지어는 그가 자기를 정말로 사랑하는지 시험해 보려고, 일부러 표현하지 않고 그의 태도를 주시하는 경우도 있다. 그 시험에 통과하기 위해서는 그녀가 청하지 않더라도 무엇을 원하는지 미리 헤아려서 그대로 해주어야 하는 것이다!

그러나 남자들에게는 이런 접근 방식이 통하지 않는다. 그들은 화성에서 왔고, 화성에서는 도움을 받고 싶으면 청해야 하기 때문이다. 남자들에게는 누구를 도와주고 싶은 마음이 본능적으로 일어나지 않으며, 그들은 요청이 있어야만 비로소 움직인다. 만일 당신이 도움을 요청하지 않는다면 당신은 그로부터 거의 아무런 도움을 받을 수 없고, 그에게 도움을 청하는 방법이 조금 잘못되어 있어도 거절당하기 십상이다. 이러한 구조는 당신을 몹시 당황스럽게 할 것이다.

두 사람의 관계가 싹트기 시작할 무렵, 그녀는 자기가 원하는 만큼 도움을 받지 못하면 그가 더 이상 줄 것이 없기 때문에 주지 않는 것이라고 짐작한다. 그녀는 애정을 갖고 그에게 계속 베풀면서, 그가 조만간 따라와 줄 것으로 믿고 참을성 있게 기다린다.

그는 그녀가 보답을 기대하고 있다는 것을 눈치채지 못한다. 만약 더 많은 것을 원한다면 그렇게 계속해서 베풀지 않을 거라고 믿기 때문이다. 하지만 금성에서 온 그녀는 그에게서 더 많은 도움을 받고 싶어할 뿐만 아니라 자기가 청하지 않아도 그가 알아서 도움을 주기를 바란다.

어떤 여자들은 자기로 하여금 구차하게 부탁하게 했다는 이유만으로도 남자를 원망한다. 그럴 때는 설령 그녀의 부탁을 그가 흔쾌히 수락하고 도와주더라도 부탁할 때까지 몰랐다는 데 대한 원망은 여전히 남는다. 그녀는 이렇게 느낀다. '엎드려 절 받는 게 무슨 소용이람!'

요청 제1단계 : 이미 받고 있는 것들을 정확하게 요청하라

관계 속에서 보다 많은 도움을 얻고자 한다면 우선 당신이 이미 받고 있는 도움을 상대에게 요청하는 연습을 하는 것이 급선무이다.

그가 현재 당신을 위해 해주는 일이 무엇무엇인지 생각해 보라. 상자를 나르거나 고장난 물건들을 고치거나, 청소를 하거나 전화를 걸어 주거나, 간단한 심부름을 해주는 등의 작은 일이면 더욱 좋다.

이 첫 번째 단계의 주안점은 그가 이미 해 오고 있던 작은 일들을 부탁해 보되 그것을 당연한 것인 양 받아들여서는 안 된다는 것이다. 그가 부탁을 들어주면 칭찬을 듬뿍 안겨 주어라. 청하지 않아도 도와주리라는 기대는 잠깐 접어두어라.

제1단계에서는 그가 지금까지 해 온 것보다 더 많이 요구하지 않는 것이 중요하다. 그가 평소에 하는 작은 일들에 초점을 맞춰라. 요구하는 듯한 말투를 조심하고, 그로 하여금 정중한 요청의 말에 익숙해지도록 하라.

당신이 아무리 그럴 듯한 말로 요청해도 그가 듣기에 요구하는 말투로 들리면, 그는 자기가 부족하다는 뜻으로 받아들인다. 그리고 그녀가 자기를 사랑하지 않으며 전혀 고마워하지 않는다고 느낀다. 그가 지금까지 해 온 일을 당신이 고마워할 줄 모르면 그는 오히려 베푸는 일에 더 인색해지는 경향이 있다.

그가 당신의 요청을 단번에 거절하는 뜻을 표하는 것은 당신이나 혹은 그의 어머니가 만든 결과일 수 있다. 제1단계에서 당신은 그가 당신의 부탁에 긍정적인 반응을 보이도록 변화시키는 작업을 하게 될 것이다. 당신을 위해서 하는 일이 당연한 것으로 취급되지 않고 고맙게 받아들여지고 있음을 느낄 때, 그리고 자기 행동이 당신을 기쁘게 하고 있다고 느낄 때, 남자는 기꺼이 당신의 부탁을 들어주고 싶은 마음을 갖게 될 것이다. 그런 다음에는 그녀가 부탁하지 않아도 자연스럽게 도움을 줄 수 있는 단계로 넘어간다. 하지만 처음부터 그와 같은 고급 단계를 기대할 수는 없다.

남자를 움직이는 비결

화성인에게 적절하게 도움을 요청하는 데는 다섯 가지 비결이 있다. 만약 이것이 제대로 지켜지지 않으면 그들은 요청을 들어주고 싶어하지 않는다.

그 다섯 가지란 바로 적절한 타이밍, 요구하지 않는 태도, 간명한 표현, 직접적인 화법, 그리고 정확한 단어의 선택이다. 그럼 하나하나 살펴보기로 하자.

1. 적절한 타이밍

그가 지금 막 그 일을 하려는 순간에 요청하지 않도록 조심하라. 예를 들어 지금 막 휴지통을 비우려고 하는 그에게 "당신, 휴지통 좀 비워 줄래요?"라고 말하지 마라. 그는 당신이 자기 행동을 지시하고 있다고 느낄 것이다. 적당한 때를 아는 것이 무엇보다도 중요하다.

2. 요구하지 않는 태도

명심하라. 요청은 결코 요구가 아니다. 만일 당신이 가슴속에 원망을 품고 있거나 그에게 요구하는 듯한 태도를 보이면 겉으로 표현된 말이 아무리 신중하다 해도, 그는 자신이 지금까지 해준 일을 당신이 전혀 고마워하지 않는다고 느껴 부탁을 거절할 것이다.

도움이 필요할 때 그녀는 상황을 넌지시 알려줌
뿐 직접 도움을 구하지 않는다. 그러고는 그 정
도의 힌트면 그가 충분히 알아들었으리라 기대
한다.

3. 간명한 표현

그가 당신을 도와주어야만 하는 이유를 줄줄이 늘어놓지 마라. 남자는 설득당하고 싶어하지 않는다. 당신이 장황하고 구차하게 이유를 설명하면 할수록 그는 점점 더 거부감을 느낄 것이다. 당신이 요구 이유를 길게 이야기한다는 것은 그가 당신을 도와주리라는 것을 믿지 못하기 때문이다. 이럴 경우 그는 자기 의사에 따라 도움을 주는 것이 아니라 당신에 의해 조종당하고 있다는 느낌을 갖기 시작할 것이다.

4. 직접적으로 도움을 요청하라

여자들은 실제로는 그렇지 않으면서 자기가 도움을 요청하고 있는 것으로 생각하는 경우가 종종 있다. 도움이 필요할 때 그녀는 상황을 넌지시 일러줄 뿐 직접 도움을 구하지 않는다. 그러고는 그 정도의 힌트면 그가 충분히 알아들었으리라 기대한다.

우회적인 요청도 요청이긴 하지만, 그것은 상대로부터 무엇을 원하는지 단도직입적으로 말하지 않는 것이다. 이같은 간접적인 요청은 남자로 하여금 상대가 자기 도움을 당연시하고 있다고 느껴지게 만든다. 간혹 우회적으로 표현해 보는 것은 괜찮겠지만, 그것이 매번 되풀이되면 남자들은 도움을 주는 일에 저항감을 갖게 된다.

5. 정확한 용어를 사용하라

도움을 요청할 때 가장 흔히 저지르게되는 실수 가운데 하나는 '해주겠느냐'는 표현 대신 '할 수 있느냐'는 표현을 사용하는 것이다. "휴지통을 비울수 있겠어요?"라는 말은 대답을 듣기 위한 질문에 지나지 않는다. "휴지통 좀 비워 주실래요?" 이것은 요청의 표현이다.

여자들은 "해주겠어요?"라는 표현 대신에 "할 수 있어요?"라는 표현을 즐겨 사용한다. 앞에서도 말했듯이 우회적이고 간접적인 요청은 남자를 외면하게 만든다. 이따금 그런 표현법을 사용한다면 그냥 모르고 지나칠 수도 있지만 매번 "할 수 있겠느냐?"고 묻는 것은 남자를 짜증나게 하는 지름길이다.

나는 여자들이 도움을 요청하자마자 다짜고짜 남자가 이렇게 말해서 몹시 당황하게 되는 때가 가끔 있으리라고 본다.

- 잔소리 좀 하지 말아요.
- 노상 나한테 이래라 저래라 하지 말아요.
- 내가 할 일을 지시하지 말아요.
- 내가 무엇을 해야 하는지는 내가 더 잘 알고 있소.
- 당신이 그런 걸 일러줄 필요는 없소.

이 말이 여자에게 어떻게 들릴지 알면서도 이런 말을 할 때, 그는 "당신 말투는 정말이지 마음에 안 들어!"라고 말하고 있는 것이다. 몇몇 특정한 표현이 남자에게 어떤 영향을 미치는지 이해하지 못하면 여자는 그야말로 갈피를 잡을 수 없게 된다.

도움을 요청할때 흔히 갖는 의문

이 첫 번째 단계가 상당히 어려울지 모른다.

여자들이 첫 단계에 발을 들여놓으면서 흔히 느끼는 불만과 저항감에 대한 해결의 실마리를 제시해 보았다.

왜 내가 요청을 해야하나

의문 여자들은 이런 느낌을 가질 수 있다. 나는 그가 청하지 않아도 그가 무엇을 원하는지 아는데, 그는 왜 모르는 것일까? 왜 내가 요청을 해야 한단 말인가?

대답 남자들이 화성에서 온 존재들이라는 걸 명심하라. 그들은 당신들과 같을 수가 없다. 그의 특성을 이해하고 적절히 이용함으로써 당신은 자기가 원하는 것을 얻을 수 있다. 그러나 만일 당신이 그를 변화시키려 한다면 그의 고집 센 저항에 맞부딪칠 것이다. 물론 당신은 금성인이므로 자기가 원하는 것을 요청하는 데 익숙하지 않겠지만, 그 일은 당신이 본래의 자기 모습을 희생하지 않고도 얼마든지 할 수 있는 일이다.

왜 그의 작은 도움을 고마워해야하나

의문 여자들은 이렇게 느낄지 모른다. 그를 위해서 내가 얼마나 많은 일을 하는데, 그의 작은 도움을 황송해해야 한단 말인가?

대답 화성인들은 상대가 자기 도움을 고맙게 여기지 않는다고 느껴지면 주려던 것도 도로 거두어들인다. 그로 하여금 더 많이 베풀도록 하려면 더 많이 칭찬해 주어야 한다. 남자는 인정받고 있다고 느낄 때 의욕이 솟구친다. 당신이 그에 비해 훨씬 많은 걸 주고 있다면 물론 그에게 감사를 표하기 힘들 것이다. 그럴 때는 당신이 그의 수준에 맞게 관심과 배려를 조금 하향 조정해 보는 것도 한 가지 방법이 될 수 있다. 그가 해준 작은 일들을 높이 평가하고 고맙게 여김으로써 그는 자기가 사랑받고 있음을 느낄 수 있게 되고, 당신 또한 자기가 원하는 도움을 받을 수 있게 될 것이다.

나를 사랑한다면 마음에서 우러나야 하지 않을까

의문 여자들이 흔히 갖는 의문에는 이런 것도 있다. 만일 그가 나를 사랑한다면 그런 것이 마음에서 우러나야 하는 게 아닐까?

대답 남자들은 화성에서 왔으며, 화성의 관습은 금성과 다르다는 것을 기억하라. 그들은 상대가 청할 때까지 기다린다. 만일 그가 당신을 사랑한다면 당신을 도와주고픈 마음이 들지 않겠느냐는 생각에서 벗어나라. 그가 금성인이라면 그럴 수 있겠지만 그는 화성인이 아닌가! 당신이 그 차이를 인정하고 받아들임으로써 그는 기꺼이 당신을 도와줄 마음을 갖게 되고, 나중에는

청하지 않아도 알 수 있는 상태에 이르게 될 것이다.

요점만 말하면 당당하게 요구하는 것처럼 들리지 않을까

의문 여자들은 이렇게 느낄지 모른다. 내가 도움을 청할 때 간단명료하게 요점만 말하면 너무 당당하게 요구하는 것처럼 들리지 않을까? 그의 도움이 필요한 이유를 자세히 설명하는 것이 더 낫지 않을까?

대답 상대가 자기에게 무엇인가를 요청하면 남자들은 그럴 만한 이유가 있으리라고 생각한다. 만일 그녀가 장황하게 그 이유를 설명하면 그녀의 부탁을 도저히 거절할 수 없을 것 같은 압박감을 느끼고, 그렇게 되면 그는 그녀에 의해 조종당하고 있다는 느낌을 받게 된다. 그의 도움이 당연한 것인 양 생각되도록 하기 보다는 선물처럼 당신에게 주게 하라.

만일 자기 도움이 필요한 이유를 알고 싶다면 그가 물어 볼 것이다. 그때는 이야기를 해도 괜찮다. 하지만 그가 묻는 경우에라도 이유가 너무 장황하게 들리지 않도록 주의하라. 그저 한두 가지 이유면 족하다. 그래도 더 자세히 알고 싶다면 그가 물어 볼 것이다.

요청 제 2단계 : 더 많은 것을 요청해 보기

더 많이 요청해 보는 시도를 하기에 앞서 우선 지금까지 그가 하고 있었던 일들에 대해 당신이 고맙게 여기고 있다는 것을 그가 확실히 느끼게 하라.

그가 지금까지 해 온 것보다 더 많은 것을 해줄 것을 기대하지 말고 계속적으로 도움을 청하면, 그는 자기가 인정받고 있다고 느낀다.

그가 당신의 요청에 익숙해지고 당신으로부터 사랑받고 있다고 느낄 때가 바로 변화의 적기이다. 이때 당신은 지금까지의 그의 도움이 흡족하지 않다는 듯한 태도를 보이지 않도록 조심하면서 더 많은 것을 향한 모험을 해볼 수 있다.

2단계 작전은 당신이 부탁을 해도 그가 싫으면 얼마든지 거절할 수 있으며, 그래도 당신의 사랑은 변함없다는 것을 그가 알게 하는 것이다. 어떤 선택을 해도 괜찮은 자유로운 분위기 속에서는 남자들이 훨씬 더 너그러워진다는 사실을 명심하라.

여자들이 상대방에게 어떤 식으로 요청을 해야 하며, 그의 대답을 어떻게 받아들여야 하는지를 배우는 것은 중요한 일이다. 여자들은 대개 부탁해 보기도 전에 상대방이 어떤 반응을 보이리라는 것을 직관적으로 느낀다. 그래서 부탁이 거절될 거라고 생각되면 아예 물어 보지도 않는다. 그리고 마음속으로는 그로부터 거부당했다고 느낀다. 그녀가 그런 생각을 하고 있다는 것을 그는 당연히 알 턱이 없다.

제2단계에서는 이 모든 상황을 무릅쓰고 도움을 요청해 보는 연습을 하는 것이다. 그가 싫어하리라고 생각되거나 당신이 생각하기에 거절할 것이 뻔해도 이에 굴하지 마라.

부탁을 했는데 거절당할 것 같으면 미리 마음의 준비를 하고 "알았어요"와 같은 대답을 생각해 두어라. 만약 화성인들처럼 대답해 보고 싶다면 "좋아요. 아무래도 상관없어요"라고 말하면 되지만—이 말은 남자에게는 실로 음악처럼 듣기 좋은 소리일 것이다—그냥 "알았어요"라고만 해도 괜찮다.

부탁을 거절했을 때 대처 방법

부탁한 다음 그가 거절하더라도, 정말 아무렇지도 않은 듯이 행동하는 것이 중요하다. 거절할 수 있는 분위기를 마련해 주어야 한다는 것을 명심하라. 그가 거절해도 당신이 언짢아하지 않을 상황을 잘 선택하고, 당신이 평소에 잘 하지 않던 부탁, 만일 그가 들어준다면 정말로 고마울 그런 부탁을 생각해 보아라.

부탁을 거절했을 때 대처 방법

언제가 좋을까

- 그는 영화를 보고 싶어하는데 당신은 댄스 파티에 가고 싶다. 다른 때 같았으면 영화를 보고 싶어하는 그의 마음을 헤아려 댄스 파티에 가자는 말도 꺼내지 않는다.

- 그는 지금 몹시 바빠 보이고 무엇인가 중요한 일에 몰두해 정신이 없다. 그를 방해하고 싶지는 않지만 당신은 그와 할 이야기가 있다. 보통의 경우라면 그가 일을 하도록 가만히 놔두고 말을 걸지 않는다. 말을 걸면 그가 짜증을 낼 거라고 생각한다.

어떻게 말할까

- 이렇게 말하라. "오늘 밤에 댄스 파티에 데려가 줄래요? 당신과 춤추고 싶어요." 만일 그가 거절하면 태연하고 상냥하게 말하라. "좋아요."

- 이렇게 말해 보라. "나한테 시간을 좀 내주실 수 있으세요?" 만일 그가 거절하면 아무렇지도 않은 듯 쾌활하게 말하라. "좋아요."

요청 제 3단계 : 단호하게 요청하기

2단계까지의 훈련을 통해 상대의 거절을 여유 만만하게 받아들일 수 있게 되었으면 3단계로 넘어가도 좋다. 3단계에서는 당신이 원하는 것을 얻어내기 위해 전력을 기울어야 한다.

당신이 그에게 도움을 요청했는데, 만일 그가 핑계를 대거나 거부하려고 한다면 2단계에서처럼 "좋아요", "알았어요"라고 말하지 마라. 그가 거절해도 상관없다는 태도는 계속 유지하면서 그가 수락할 때까지 기다려라.

단호하게 요청하는 기술이란, 부탁을 한 다음 잠자코 있는 것이다. 당신이 부탁을 하면 그는 아마 투덜대고 푸념하고 툴툴거리고 중얼거릴 것이다. 그 순간에 그가 다른 일에 얼마나 몰두하고 있었느냐에 따라 투덜거림의 정도가 다를 것이다.

여자들은 보통 남자의 투덜거림을 잘못 해석하는 경향이 있다. 그녀는 그가 부탁을 들어주기가 싫어서 그러는 것이라고 오해한다. 하지만 그게 아니다. 그가 투덜대는 것은 당신의 부탁을 고려하고 있는 중이라는 신호다. 만일 부탁을 들어주지 않을 생각이라면 간단히 싫다고 하면 그만이다. 그러므로 그가 뭐라고 툴툴거리는 것은 지금 당신의 요청과 자기 욕구를 저울질하고 있다는 증거이다.

그는 자기가 몰두하던 일에서 당신의 요청 쪽으로 방향을 전환할 때 일어나는 심리적 저항을 결국 극복할 것이다. 녹슨 문을 열 때처럼 남자들이 괴상한 소리를 내는 것을 잠시 못 들은 체하고 가만히 있으면 불평은 곧 잠잠해질 것이다.

그들은 종종 부탁을 들어주겠다는 말을 하면서까지 툴툴거린다. 대부분의 여자들은 이런 반응을 오해하고는 아예 그에게 부탁하지 않거나, 그가 자기 요청을 들어주지 않으려고 그러는 것으로 생각해 괘씸해 하거나 화를 낸다.

아까 했던 이야기로 다시 돌아가서, 그가 막 잠자리에 들려는데 가게에 가서 우유를 사다 달라고 당신이 부탁을 하면 그는 십중팔구 투덜거릴 것이다.

"피곤하단 말야. 난 자야 한다구."

그는 짜증스러운 얼굴로 이렇게 말한다.

당신이 더 많은 것을 요구할 때마다 그는 기지개를 켜야만 한다. 그의 투덜거림은 잠자리에서 일어나기 위한 준비 단계인 기지개와 같은 것이다. 3단계로 들어가기 위해서는 1, 2단계를 거치며 준비운동을 해야 하는 것도 바로 그 때문이다.

의미심장한 침묵을 지켜라

단호한 요청의 주요 요소 중 하나는, 도움을 요청한 다음 아무 말 없이 잠자코 있는 것이다.

상대방이 스스로 심리적 저항을 이겨낼 수 있도록 해주어라. 그의 툴툴거림이나 불평에 못마땅한 내색을 하지 마라. 당신이 잠자코 그의 불평을 들어주는 한 그의 도움을 받을 수 있는 가능성은 있다. 침묵을 깬다면 당신의 내적인 힘은 사라진다.

남자들의 툴툴거림에 대해 여자들은 듣다 못해 이렇게 말함으로써 침묵을 깨고, 상황에 대한 지배력을 잃는다.

- 아, 싫으면 관둬요.
- 어떻게 싫다고 할 수 있는지 이해가 안 가는군요. 내가 당신을 위해서 하고 있는 일을 생각해 보세요.
- 무리한 부탁을 한 것도 아니잖아요.
- 15분이면 될 걸 가지고 뭘 그래요?
- 당신한테 실망했어요. 정말 기분이 언짢다구요.
- 나를 위해 이 정도도 안 하겠단 말예요?
- 왜 할 수가 없다는 거죠?

남자가 불평을 하면 여자는 자신의 요청이 타당하다는 것을 입증하고픈 충동을 이기지 못해 침묵을 깨뜨리게 된다. 그녀는 부탁을 들어주는 것이 도리라는 것을 그에게 납득시키겠다는 생각으로 자기 주장을 편다. 그가 결국 그 부탁을 들어주든 들어주지 않든 상관없이, 다음에 그녀가 또 부탁할 때 그는 더 심한 거부감을 느끼게 될 것이다.

당신의 요청을 들어줄 기회를 주기 위해서는 그에게 일단 요청을 한 다음 잠시 그대로 있어라. 툴툴거리고 불평을 해도 그냥 침묵을 지켜라. 결국 그는 수락하게 될 것이다. 그가 당신에게 반감을 느껴서 그러는 거라는 오해는 하지 마라. 당신이 거세게 자기 주장을 하거나 강요하지 않는 한 반감을 가질 수도 없고 그러지도 않을 것이다. 툴툴거리고 불평을 할망정 그는 결국 부탁을 들어주는 쪽을 선택하게 될 것이다.

하지만 그가 부탁을 들어줄 수 없다고 하는 경우도 더러는 있을 것이고, 어떻게든 빠져나갈 구실을 찾으려 할 수도 있다. 당신이 잠자코 있으면 그는 아마 이렇게 물어볼지 모른다.

- 당신은 왜 못하는데?
- 나는 정말 시간이 없는데, 당신이 좀 해주겠소?
- 지금 바빠서 그럴 틈이 없어. 당신은 뭘 하지?

당신의 요청을 들어줄 기회를 주기 위해서는 그에게 일단 요청을
한 다음 잠시 그대로 있어라. 툴 툴거리고 불평을 해도 그냥 침묵을
지켜라. 결국 그는 수락하게 될 것이다. 그가 당신에게 반감을 느
껴서 그러는 거라는 오해는 하지 마라.

남자에게 단호하게 요청하는 방법

그녀의 요청에 대해 그는 어떻게 저항하는가	그녀는 어떻게 단호한 태도를 보일 수 있는가
• "나는 시간이 없는데 당신이 하면 안 돼?"	• "나도 바빠요. 당신이 좀 해주실래요?" 그런 다음 다시 침묵을 유지하라.
• "아니, 난 하고 싶지 않은걸."	• "당신이 해주면 정말 고마울 텐데요. 나를 위해서 좀 해주실래요?" 그런 다음 다시 잠자코 있어라.
• "난 바쁜데, 당신은 뭘 하지?"	• "나도 바빠서 그래요. 부탁인데 좀 해주실래요?" 그런 다음 다시 잠자코 있어라.
• "아니, 지금 그걸 할 마음이 내키지 않아."	• "그건 나도 마찬가지예요. 당신이 좀 해주시겠어요?" 그런 다음 다시 잠자코 있어라.

남자들은 왜 그토록
예민한 반응을 보이는가

당신은 남자들이 요청받는 일에 대해 왜 그렇게 예민한 반응을 보이는지 의아해 할 지 모른다.

이것은 그들이 인정받고 싶은 욕구가 그만큼 크기 때문이다. 좀더 많이 베풀라고 하거나 좀더 자상한 사람이 되어 달라는 부탁은 그로 하여금 있는 그대로의 자기 모습이 받아들여지지 않고 있다는 느낌을 갖게 할 수 있다.

여자들은 자기 감정을 이야기할 때 상대가 진지하게 귀를 기울여 주고 자기를 이해해 주는지에 예민한 반응을 보이는 반면, 남자들은 있는 그대로의 자기 모습이 받아들여지고 있는지에 대해 더 예민한 반응을 보인다. 그를 향상시키려는 어떤 시도든, 그에게는 당신이 지금의 그의 모습에 만족하지 못해 그를 변화시키려 하는 것으로 받아들여질 수 있다.

화성인들의 모토는 '고장나지 않는 한 고치지 말라' 는 것이다. 여자가 자기에게 더 많은 것을 기대하거나 자기를 변화시키려 하고 있다고 느끼면, 남자는 그녀가 자기를 고장난 물건쯤으로 생각하는 것 같아 기분이 상한다.

남자들은 자기가 좋아하는 사람을 만족시켜 주었다고 느껴질 때 가장 행복하다. 도움을 요청하는 적절한 방법을 터득함으로써 남자에게는 사랑받고 있다는 느낌을 가질 수 있게 하고, 당신 역시 사랑을 얻을 수 있게 될 것이다.

90/10 원칙을 기억하라

풀리지 않고 응어리진 감정이 주기적으로 표면에 떠오르는 현상을 이해하면, 우리가 왜 그렇게 쉽게 배우자로 인해 마음이 상하게 되는지를 알 수 있다.

우리가 기분이 상해 있을 때 그 언짢은 기분의 90퍼센트는 과거와 연관지어진 것이며, 그것은 우리가 기분 나쁘다고 생각하는 현재의 일과는 아무런 상관이 없다. 대개의 경우 약 10퍼센트 정도만이 현재의 경험으로 인한 불쾌함이라고 볼 수 있다.

만일 상대방이 우리를 못마땅해하고 비난하고 있다고 생각되면 우리는 다소 기분이 상한다. 하지만 어른인 까닭에 우리는 그가 일부러 그러는 것은 아닐 거라고 이해를 하거나, 어쩌면 오늘 밖에서 좋지 않은 일이 있었던 모양이라고 미루어 짐작하기도 한다. 그래서 그의 비난에 생각보다 기분이 상하지 않을 수 있다.

그런데 어떤 날은 작은 비난에 기분이 울컥 상하기도 한다. 이런 날은 상처받은 과거의 감정이 위로 솟아오르기 때문이다. 그 결과 우리는 배우자의 비난에 훨씬 상처받기 쉬운 상태가 된다. 그것은 혹독한 꾸지람을 들었던 자신의 어린 시절에서 기인하는 것이며, 배우자의 힐난이 과거의 상처를 건드린 것이다.

어린 시절의 우리는, 부모님의 부정적 감정은 그들의 문제이지 우리 잘못이 아니라는 것을 이해하지 못했다. 그러므로 모든 꾸지람과 거부와 비난을 오로지 우리 탓으로 받아들였다.

어린 시절에 이렇게 응어리진 감정이 의식 위로 떠오르면, 우리는 상대의 말을 자칫 비난이나 힐책이나 거부로 받아들이게 된다. 이럴 때는 어른다운 태도를 견지하기가 어렵다. 그래서 사사건건 곡해하게 된다.

관계 초기에는 그렇게까지 신경과민이 되지는 않는다. 과거의 감정이 표면화되는 데는 시간이 걸린다. 그러나 과거의 감정이 떠오르면 상대의 행동에 대한 우리의 반응이 판이하게 달라진다. 만일 과거의 풀리지 않은 감정이 떠오르지만 않는다면, 대부분의 경우 우리를 기분 나쁘게 하는 것 가운데 90퍼센트는 사라진다.

사랑의 사계절

남녀 관계란 정원과 같다. 무성하게 잘 가꾸려면 꼬박꼬박 물을 주어야 하고, 계절은 물론 예측할 수 없는 날씨까지 참작해서 각별한 정성으로 보살펴야 한다.

새로 씨앗을 뿌리고 더러는 잡초도 뽑아 주어야 할 것이다. 마찬가지로 사랑의 마법이 꺼지지 않게 하려면 우리는 사랑의 계절을 알아야 하고, 사랑이 특별히 필요로 하는 자양분을 공급해 주어야만 한다.

사랑의 봄

사랑에 빠지는 것은 봄과 같다고 할 수 있다. 사랑에 빠지면 우리는 언제까지나 행복할 것만 같고, 상대를 사랑하지 않게 되는 것은 상상할 수도 없다. 그야말로 순진무구한 때이다. 사랑은 영원한 지속성으로 우리에게 다가온다. 모든 것이 더할 나위 없이 완벽해 보이고 상대방과 자기가 천생연분이라고 느껴진다. 우리는 힘들이지 않고 조화로움 속에서 함께 춤추며 서로를 만나게 해준 운명에 감사한다.

사랑의 여름

사랑에 여름이 오면 우리는 처음 생각했던 것처럼 상대방이 그렇게 완벽하지는 않으며, 두 사람의 관계를 가꾸어 나가기 위해서는 노력이 필요하다는 사실을 깨닫게 된다.

상대가 자신과 다른 행성 출신이라는 사실뿐만 아니라, 실수를 하고 결점도 있는 똑같은 인간이라는 것도 이 시기에 알게 된다. 실망과 좌절감이 고개를 든다. 잡초는 뽑아주어야 하고, 뜨거운 햇볕 아래에서는 물도 조금 더 주어야 한다. 사랑을 주고받는 일이 처음처럼 그렇게 쉽지는 않다. 늘 행복한 것은 아니며, 사랑의 감정도 언제나 한결같지 않다는 것도 알게 된다. 그것은 우리가 그리던 사랑이 아니다.

사랑이 그렇게 쉬운 것만은 아니며, 특히 뜨거운 태양 아래에서는 각별한 보살핌이 필요하다는 것을 그들은 깨닫지 못한다. 사랑의 여름이 되면 우리는 상대가 필요로 하는 것을 주면서, 우리가 필요로 하는 것을 요청해 얻어야만 한다. 그것은 저절로 이루어지지 않으므로.

사랑의 가을

여름 내내 땀 흘리며 정성껏 일한 결과 우리는 보람 있는 결실을 거두게 된다. 바야흐로 가을이 온 것이다. 모든 것이 풍성하고 흡족한 황금기이다. 우리는 자기 자신의 결점과 마찬가지로 상대방의 불완전함을 이해하고 받아들이는 성숙한 사랑을 경험하게 된다. 가을은 추수하고 수확의 기쁨을 함께 나누는 계절이다. 여름에 힘들게 일한 덕분에 우리는 편히 쉬면서 우리가 함께 거두어들인 사랑을 향유한다.

사랑의 겨울

계절은 다시 바뀌어 겨울이 찾아온다. 매서운 바람이 불고 황량한 계절이므로 모든 것이 자기 안으로 움츠러든다. 그래서 겨울은 휴식과 반성과 소생의 계절이다. 우리의 관계에 있어서는 아직 해결되지 않고 남아 있는 고통과 어두운 면을 느껴 보는 계절이다. 상대의 사랑을 요구하고 그를 통해 만족을 얻으려 하기보다는, 자신의 내면을 들여다보는 고독한 성장의 계절이다. 겨울은 또한 치유의 계절이다. 남자들은 자기 동굴에서, 여자들은 우물 안에서 자기 감정과 대면하고 관심을 기울인다.

우리 자신을 사랑하고, 우리의 상처받은 감정을 치유하면서 음산한 겨울을 보내고 나면 봄은 필연적으로 찾아온다. 다시 한 번 우리는 넘치는 희망과 기대, 사랑의 축복을 받는다. 기나긴 겨울 여행에서 감정을 정리하고 영혼을 정화한 덕분에, 우리는 서로 마음을 활짝 열고 봄철의 따사로운 사랑을 한껏 받아들일 수 있게 된다.

매우 성공적인 관계를 위하여

관계 속에서 당신이 원하는 것을 상대방에게 전하고 그것을 얻어내는 방법에 관해 모두 살펴본 지금, 당신은 성공적인 관계로 나아갈 만반의 준비를 갖춘 셈이다.

당신은 충분히 희망을 가질 만하다. 사랑의 사계절을 당신은 슬기롭게 헤쳐나갈 수 있을 것이다.

나는 수천 명의 커플이—일부는 그야말로 하룻밤 사이에—달라지곤 하는 것을 지금껏 보아 왔다. 토요일날 내 인간 관계 세미나에 들어왔던 커플이 일요일 저녁 무렵이면 놀라울 만큼 사랑을 회복하기도 했다. 이 책을 통해 새로이 얻게 된 통찰을 적용하고, 남자는 화성에서, 여자는 금성에서 왔다는 사실을 기억함으로써 당신도 그같은 효과를 거둘 수 있을 것이다.

그러나 사랑도 계절을 탄다는 것을 절대 잊어서는 안 된다. 봄에는 모든 것이 쉽지만 여름에는 힘들여 노력해야 하고, 가을이 당신에게 풍요와 만족을 안겨 주는 대신 겨울은 그지없이 허허롭다.

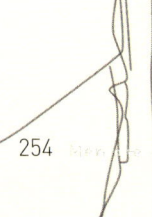

성공적인 관계를 갖고 싶다면 사랑의 계절적 변화를 이해하고 받아들여야만 한다. 사랑이 쉽게 저절로 흘러갈 때가 있는가 하면, 많은 노력을 필요로 할 때도 있다. 상대방이 늘 사랑이 넘치는 모습을 보여주기를 기대하지 마라.

교육 이론에 의하면, 뭔가 새로운 것을 완전히 숙지하려면 그 내용을 200번 반복해서 들어야 한다고 한다. 우리는 자기 자신이나 상대방이 이 책의 내용을 빠짐없이 기억하리라고 기대해서는 안 된다. 참을성을 가지고 그들의 작은 변화에 고마워할 줄 알아야 한다. 이 책에 담긴 생각들이 당신의 삶 속으로 스며드는 데는 시간이 걸릴 것이다.

당신은 개척자다. 일찍이 아무도 가 보지 않은 미지의 세계를 여행하고 있는 것이다. 때로는 길을 잃을 수도 있고, 때로는 함께 가던 동반자를 잃어버리는 일도 있으리라. 그럴 때마다 이 책을 지도 삼아 펴 보고 또 펴 보며 여행을 계속하라.

그리고 이성으로 인해 실망을 느끼게 될 때면 남자는 화성에서 왔고 여자는 금성에서 왔다는 사실을 기억하라. 이 책에서 다른 것은 다 제쳐놓더라도, 남녀가 서로 다를 수밖에 없다는 사실을 기억하라. 그것만으로도 당신이 그녀를, 또는 그를 사랑하는 데 도움이 될 것이다. 비난과 힐책을 조금씩 줄이고, 자기가 원하는 것을 포기하지 않고 끈기 있게 요청함으로써 당신은 그토록 원하던, 또 누릴 자격이 있는 애정 어린 관계를 창조할 수 있게 될 것이다.

당신의 가능성은 무궁무진하다. 당신의 사랑이 나날이 커 가고 지혜가 늘기를 바라며, 내가 당신의 인생에 변화를 가져올 수 있도록 허락해 준 데 대해 깊은 감사를 드린다.